Wiebke Tillenburg

Eselmädchen

Die Deutsche Nationalbibliothek verzeichnet diese Publikation in der Deutschen Nationalbibliografie; detaillierte bibliografische Daten sind im Internet über http://dnb.dnb.de abrufbar.

TWENTYSIX – Der Self-Publishing-Verlag
Eine Kooperation zwischen der Verlagsgruppe Random House und BoD – Books on Demand

Eselmädchen.
3. korrigierte Auflage
© 2018 Wiebke Tillenburg
kontakt@wiebke-tillenburg.de

Herstellung und Verlag:
BoD – Books on Demand, Norderstedt
ISBN: 9783740743017

Lektorat und Korrektorat: Michaela Stadelmann // www.textflash.de
Covergestaltung: Tina Köpke // www.legendaryfangirl.de
Nachweis Bildherkunft (via Bigstockphoto.com):
Stockfoto-ID: 154073519, Copyright: denbelitsky
Stockfoto-ID: 27249020, Copyright: Oleg Golovnev

Wiebke Tillenburg, geboren 1989, wuchs in Aachen auf und studierte irgendwas mit Germanistik und Geschichte. Heute lebt sie mit ihrer Familie in Koblenz und versteckt sich zwischen Buchdeckeln, um dort weiße Seiten mit bunten Ideen zu füllen.

Nebst der Beteiligung an verschiedenen Anthologien veröffentlichte sie zuletzt 2017 zwei ihrer Kurzgeschichten in »Sehnsuchtsfluchten«.

www.wiebke-tillenburg.de

Vorwort

Werte Leserin, werter Leser,

bevor ich Sie in dieses Märchen eintauchen lasse, möchte ich darauf hinweisen, dass es sich hier keinesfalls um eine Kindergeschichte handelt! Obwohl der Titel sehr freundlich klingt, ist es die Geschichte an vielen Stellen nicht.

Die Idee zu diesem Märchen basiert auf der Ideenlehre Platons. Hierbei habe ich auf das Konzept der Ideenwelt und der dort befindlichen Abbilder zurückgegriffen. Im Detail weicht die Geschichte jedoch stark von der Theorie ab.

Zu Zeit und Raum der Handlung sei gesagt, dass die Atmosphäre der Geschichte an die 1930er bis 1940er Jahre irgendwo in Westeuropa angelehnt ist. Allerdings besteht in diesem Fall kein direkter historischer Bezug und dieses Märchen erhebt keinen Anspruch darauf, die Realität abzubilden. Das Buch verärgert, verwirrt und regt im besten Fall zum Nachdenken an.

Sie werden an Textstellen geraten, bei denen Sie sich fragen, was ich mir bei alldem gedacht habe. Lassen Sie sich gesagt sein, dass ich mir etwas gedacht habe. Doch ich möchte Sie an dieser Stelle bitten, sich Ihre eigenen Gedanken zu machen. Sicherlich entdecken Sie etwas, das mir selbst entgangen ist.

Prolog

Die kleine Hand zur Faust geballt, hielt das Mädchen den zierlichen Schatz fest umschlossen. Atemlos erreichte sie ihr Zimmer und blickte sich hektisch in dem kargen Raum um. Noch nie hatte sie solche Angst gehabt. Wo sollte sie ihn verstecken? Ihre üblichen Verstecke waren nutzlos, die Schwester kannte sie längst. Sie musste ein neues suchen, nur für diesen besonderen Schatz. Nein, das würde zu lange dauern! Ihre Schwester tauchte sicherlich gleich hier auf und forderte, dass sie es zurückbrachte.

Ohne sich umzusehen, war sie nach Hause gerannt. Was war mit ihrer Schwester geschehen? Warum war sie nicht gleich hinter ihr? Sie hatte fest damit gerechnet, dass die Ältere sie noch auf der Wiese einholen würde. Sonst war sie schneller mit ihren längeren Beinen. Ob die Stimmen sie am Ende dort behalten hatten? Zum Glück waren sie aus ihrem eigenen Kopf verschwunden, sobald sie wieder im Wald war.

Das Mädchen grübelte noch darüber, ob die Stimmen ihrer großen Schwester etwas angetan hatten, als auf der Treppe Schritte zu hören waren. Erschrocken fiel ihr wieder der Schatz ein, für den sie immer noch kein richtiges Versteck gefunden hatte. Eilig steckte sie ihn in den Ärmel ihres Kleides. Ein Glück, dass er so flach war. Schnell versicherte sie sich, dass man von außen nichts erkennen konnte, und setzte sich dann auf das ordentlich gemachte Bett. Mit ernstem Kindergesicht erwartete sie die große Schwester, die im nächsten Augenblick auf der Türschwelle erschien.

»Ich gebe es nicht her! Es ist mein Schatz und ich habe ihn sicher versteckt. Du wirst ihn niemals finden«, rief die Kleine trotzig.

Überraschenderweise lächelte die Große, während sie zu ihr trat, sie fest in die Arme schloss und flüsterte: »Ich werde dich immer lieb haben.«

Dann reichte sie ihr einen Apfel, der aussah wie aus einem Bilderbuch und verließ wortlos das Zimmer.

***

Das Mädchen hüpfte fröhlich auf mich zu. Wirres Haar umrahmte ihr Gesicht in fettigen Strähnen. Sie trug einen altmodischen, nicht besonders sauberen Kittel und machte insgesamt einen verwahrlosten Eindruck. Alles in mir schrie danach, mich abzuwenden und nach Hause zu gehen. Es war nicht mehr weit. Wenn ich rannte, wäre ich bereits an unserem Gartentor, sobald das Mädchen den Zaun erreichte. Doch dann dachte ich an den Vorfall in der Schule und daran, dass meine Hose immer noch nicht gänzlich getrocknet war. Ich bildete mir ein, dass ein unangenehmer Geruch von mir ausging und kam zu dem Schluss, dass ich mich nicht in der Lage befand, oberflächliche Urteile zu fällen. Außerdem war ich zu neugierig, um mich ein weiteres Mal abzuwenden.

Alle Zweifel verschwanden, als das Eselmädchen vor mir stand. Ihr Lächeln war herzlich und so einnehmend, dass ich sie erstaunt und etwas unhöflich anstarrte. Sie wirkte auf einmal nicht mehr abstoßend, sondern strahlend. Ich wollte mein aufdringliches Starren durch eine höfliche Begrüßung ausgleichen, doch sie kam mir zuvor: »Möchtest du heute gar nicht eilig an meiner Wiese vorbeilaufen und so tun, als würdest du uns nicht sehen?«

Ihre Frage ließ mich augenblicklich erröten. »Ich muss pünktlich zu Hause sein, zum Essen«, versuchte ich zu erklären, bewegte mich jedoch nicht vom Fleck.

Das Mädchen lächelte immer noch. »Komm, ich stell dich den Eseln vor und dann kannst du bei uns pünktlich zum Essen sein.«

Zu meiner eigenen Überraschung kletterte ich widerspruchslos über den Holzzaun und folgte ihr über die weitläufige Wiese zu einer Gruppe Esel, die im Schatten des Waldes graste. Sie winkte mich ungeduldig zu einem sehr großen Braunen, mit hängenden Ohren und grauen Stellen im struppigen Fell. Er sah erbärmlich aus.

»Wir müssen dich zuerst Oheim vorstellen. Er ist der Älteste und du darfst uns nur besuchen, wenn er dich mag«, erklärte das Mädchen, als sei es selbstverständlich, dass ich zunächst bei einem alten Esel vorsprechen musste.

Verwirrt trat ich an das gebrechlich wirkende Tier heran. Ich hatte keine Ahnung, was ich jetzt tun sollte. Versuchsweise hielt ich ihm eine Hand hin, damit er mich beschnuppern konnte. Er beachtete sie nicht und graste friedlich weiter. Neben mir schüttelte sich das Mädchen vor Lachen. Von dem glockenhellen Gelächter aufgeschreckt, hob der Esel den Kopf und sah mich unverwandt an. Ich stolperte erschrocken zurück, als mich sein Kastanienblick traf.

Das war nicht der Blick eines Tieres. Aus diesen Augen sprachen Weisheit, Verständnis und eine abschätzige Kälte, die mich schaudern ließ. Oheim blickte geradewegs in meine Seele, als versuchte er herauszufinden, was mich im Innersten bewegte. Ich glaubte mich für Stunden in Oheims Blick gefangen, obwohl der Augenblick schnell verging. So plötzlich, wie Oheim den Kopf gehoben hatte, ließ er ihn wieder sinken und widmete sich mit solcher Hingabe dem Grasen, als gäbe es nichts Wichtigeres auf der Welt.

»Er mag dich«, sagte das Mädchen und zog mich am Arm mit sich.

Ich bezweifelte das. »Woher willst du das wissen?«

»Oheim macht keine großen Worte. Wenn er dich nicht gemocht hätte, wäre er auf dich losgegangen«, sagte es leichthin. »Bist du hungrig?«

»Ja«, antwortete ich, ohne darüber nachzudenken, ob soviel Ehrlichkeit vielleicht unhöflich war.

Eigentlich wollte ich weg von diesem merkwürdigen Mädchen, das alle nur das Eselmädchen nannten, und weg von dem alten Esel mit seinem durchdringenden Blick. Doch die Neugierde behielt die Oberhand. Außerdem musste ich mir eingestehen, dass ich das Eselmädchen mochte.

Also folgte ich ihr ein Stück am Waldrand entlang, bis wir eine kleine Hütte erreichten, die zwar alt, aber in gutem Zustand war. Sie war aus groben Brettern gezimmert und ihre Fensterrahmen waren in einem freundlichen Rot gestrichen. Vor dem Haus befand sich ein massiver Tisch mit zwei Baumstämmen, die als Bänke dienten. Das Mädchen betrat die unverschlossene Hütte und zog mich ebenfalls über die Türschwelle.

Meine Augen mussten sich nach der sonnenbeschienenen Weide erst an das Zwielicht im Innern gewöhnen. Ich erkannte, dass der Innenraum größer war, als die Hütte von außen vermuten ließ. Hier befand sich eine altmodische Feuerstelle, darauf ein verbeulter Kessel, daneben ein stabiles Regal, in dem sich allerlei Geschirr und Vorräte stapelten. Außerdem gab es in der Mitte des Zimmers einen weiteren Tisch und einige Stühle. In der entlegensten Ecke des großen Raumes konnte ich ein wuchtiges Gebilde ausmachen, das ein Bett sein mochte.

Das Mädchen schob mich auf einen Stuhl und ging hinüber zur Feuerstelle, wo es mit zwei Tellern und einer großen Suppenkelle hantierte.

Nach einigem Geklapper kehrte sie mit den dampfenden Tellern und einigen Scheiben Brot zurück. Es duftete verlockend. Ohne zu zögern begann ich, den dickflüssigen Eintopf in mich hineinzulöffeln. Er enthielt viel Gemüse und Stücke einer stark geräucherten Wurst. Es schmeckte großartig.

Zuhause gab es nur selten Fleisch und Mutters Eintopf bestand zum größten Teil aus Kartoffeln und Karotten, die wir ohne Weiteres im Garten anbauen konnten. Zunächst zögerte ich, von dem Brot zu essen, es war ganz dunkel und sah angetrocknet aus. Doch es schmeckte sehr gut, ganz anders als das weiche, weiße Brot, das ich von Zuhause kannte.

Wir aßen schweigend. Als mein erster Hunger gestillt war und ich mich wohler fühlte, fiel mir wieder ein, was ich mich schon die ganze Zeit fragte: »Lebst du hier ganz alleine?«

»Nein«, antwortete sie überrascht. »Oheim und die anderen sind doch bei mir.«

Ihre Antwort verwirrte mich. »Ja, aber außer ihnen. Hast du keine Familie?«

»Sie sind meine Familie. Ich brauche sonst niemanden.« Die Worte klangen kühl. Ich las in ihrem Gesicht, dass mehr dahinter steckte.

»Und wer sorgt dann für dich? Ich meine, wovon lebst du überhaupt?«, fragte ich fassungslos.

»Ich kann gut für mich alleine sorgen und meistens bekomme ich, was ich zum Leben brauche.«

»Woher?«

»Ich habe einen kleinen Garten hinter der Hütte und vieles finde ich im Wald.«

Ich blickte auf meinen Teller. Dieses reiche Angebot an Gemüse passte nicht zu ihrer Aussage und mir war bewusst, dass man Räucherwurst in keinem Garten der Welt ernten konnte. Und dann der Wald. Wer ging schon in den Wald? Das tat niemand, der bei Verstand war.

Sie wich meinem Blick ebenso aus wie meinen Fragen. Sie verbarg etwas. Doch ich wollte ihr nicht für ihre Gastfreundschaft danken, indem ich sie mit unangenehmen Fragen löcherte. Schweigend beendeten wir unsere Mahlzeit, und erst als wir beide unsere Löffel abgelegt hatten, richtete ich wieder das Wort an sie.

»Danke für das Essen. Es hat mir sehr gut geschmeckt. Hast du das ganz alleine gekocht?«

Sie ignorierte meine Frage. »Ich bin froh, dass du uns endlich besucht hast. Und es tut mir wirklich leid, was dir in der Schule passiert ist. Jetzt werden sie noch gemeiner zu dir sein.«

Ich starrte sie entsetzt an. Ich war mir sicher, dass ich den Vorfall in der Schule mit keiner Silbe erwähnt hatte. Sie ließ mir keine Gelegenheit, meine Verwunderung zu äußern.

»Geh jetzt lieber nach Hause. Deine Mutter wird sich sonst Sorgen machen.« Sie stand auf und ging zur Tür. »Und wenn du möchtest, kannst du mich in Zukunft gerne öfter besuchen. Manchmal bin ich tatsächlich ein wenig einsam.«

Wie hypnotisiert stand ich auf und verließ das Zwielicht der Hütte. Die frühe Dämmerung zog bereits herauf. Der Wald zeichnete lange Schatten auf die Wiese. Eine Gänsehaut bildete sich bei ihrem Anblick auf meinen Armen. Der Herbst kürzte die Tage und raubte ihnen die Wärme. Außerdem wurde mir in diesem Augenblick die Nähe des Waldes wieder bewusst.

Es war genug für diesen Nachmittag. Ich wollte nach Hause zu meiner Mutter in unsere kleine, beschauliche Küche. Dieses seltsame Mädchen war vielleicht neun Jahre alt, dennoch hatte sie mir buchstäblich aus der Seele gesprochen. Verwirrt und leicht verschreckt eilte ich hinüber zu unserem Gartenzaun, der gleich an die Weide der Esel grenzte. Auf halbem Weg drehte ich mich noch einmal um.

»Wie heißt du eigentlich?«, rief ich in der Gewissheit, dass sie noch in der Tür stand und mir nachblickte.

»Nike«, antwortete sie.

Als ich mich wieder unserem Garten zuwandte, nahm ich hinten auf der Straße eine Gestalt wahr. Ich erstarrte. Größe und Statur ließen keine Zweifel zu. Es war ein Junge. Ich konnte sein Gesicht in dieser Entfernung zwar nicht erkennen, doch war ich mir sicher, dass er hämisch grinste. Plötzlich meinte ich wieder den stechenden Geruch, der von mir ausging, wahrzunehmen. Auch das Gefühl klebriger Nässe an meinen Beinen, das ich über den Besuch bei Nike völlig vergessen hatte, drängte sich erneut in mein Bewusstsein. Mein ganz persönlicher Folterknecht hatte mich beobachtet, wie ich das Eselmädchen nach ihrem Namen fragte.

»Es tut mir leid«, sagte Nike mit belegter Stimme.

Es klang, als stünde sie neben mir, obwohl sie immer noch im Türrahmen ihrer Hütte stand. Doch ich war zu wütend, um mich darüber zu wundern.

Die Wut kam ganz plötzlich über mich. Sie verdrängte alles andere in mir und ließ keinen Platz für Fragen, Zweifel oder gar Angst. Ich stürmte auf unseren Gartenzaun zu und überwand ihn mit einem kraftvollen Sprung. Ich war wütend auf den Jungen, wütend auf Nike mit ihren Eseln und vor allem wütend auf meine eigene Neugierde, die ich teuer bezahlen würde.

Ich stand noch zwischen den lichten Sträuchern, die am Zaun wuchsen, und blickte durch ihre Zweige auf unser kleines, altes Haus. Warmes Licht fiel durch das schmale Fenster der Hintertür. Ich wusste, dass meine Mutter dahinter in der Küche saß und auf mich wartete. Die Wut verschwand genau so plötzlich, wie sie über mich gekommen war. Gelassenheit breitete sich in mir aus. Jetzt hatte ich nichts mehr zu verlieren.

Insgeheim drängte es mich, meiner Mutter von dem Besuch bei Nike zu erzählen, doch war ich nicht sicher, wie sie darauf reagieren würde. Normalerweise sprach man nicht mit dem Eselmädchen. Alle im Dorf ignorierten sie, und jedes Mal, wenn ich meine Mutter auf das seltsame Mädchen ansprach, sagte sie nur, dass sie eben etwas anders war und man sie besser allein ließe.

Nachdem ich das Haus durch den Vordereingang betreten hatte, schlich ich in mein Zimmer und zog mir eine saubere Hose an. Ich wollte nicht, dass meine Mutter von meinem Missgeschick erfuhr. Lautlos begab ich mich wieder in den Hausflur, wo ich meine Schultasche geräuschvoll an die Garderobe schmiss, meine Schuhe auszog und anschließend in die Küche ging.

»Du bist spät«, stellte meine Mutter fest, ohne dass sich ein Vorwurf dahinter verbarg. »Möchtest du etwas essen?«

»Nur eine Kleinigkeit, ich bin nicht so hungrig.« Ich setzte mich und einige Handgriffe später stellte sie einen gebutterten Toast und ein Glas Milch auf den fleckigen Küchentisch. Sie nahm auf dem Stuhl mir gegenüber Platz und beobachtete mich beim Essen.

»Du warst bei dem Eselmädchen.«

Es war keine Frage. Ich nickte, ohne eine weitere Erklärung abzugeben.

»Hat dich jemand gesehen?«, fragte sie weiter.

Ich zuckte nur vage mit den Schultern. Ich erzählte meiner Mutter nie von meinen Peinigern und dem, was sie mit mir anstellten. Sie ahnte es ohnehin, wenn sie wortlos meine Kratzer und Beulen versorgte und mich anschließend tröstete.

»Wirst du wieder hingehen?«

»Vielleicht«, antwortete ich betont gleichmütig.

»Ich habe Butterkuchen gebacken. Bring ihr morgen etwas davon.«

Überrascht sah ich auf. Die Augen meiner Mutter waren dunkel gerändert, sie sah müde und erschöpft aus wie immer, seit Vater fortgegangen war. Doch jetzt schlich sich ein mattes Lächeln in ihr Gesicht und sie zog die Schultern hoch.

»Mir war klar, dass deine Neugierde eines Tages siegen würde. Außerdem sind wir praktisch Nachbarn, und wenn du sie schon besuchst, kannst du ihr auch etwas zu essen mitbringen.«

»Aber du hast doch immer gesagt, dass ich besser nicht mit ihr reden soll?«

»Ich dachte, du hast es auch so schon schwer genug. Aber vielleicht ist es besser, jemanden zu haben, der das eigene Schicksal teilt, als bei dem Versuch, nicht aufzufallen, allein zu bleiben. Sie muss sehr einsam sein. Da ist es doch schön, wenn sie jetzt einen Freund hat. Und du auch.«

Mit diesen Worten stand sie auf, nahm ihren Mantel, der über einer Stuhllehne bereit hing, und gab mir einen Kuss auf die Wange. »Geh nicht zu spät zu Bett und erledige deine Schularbeiten.«

Ich nickte und sah ihr nach, wie sie die Küche verließ. Die energischen Schritte hörte ich durch den Flur hallen, bis schließlich die Haustür ins Schloss fiel.

Meine Mutter arbeitete immer nachts. Sie musste allein für uns sorgen und ich war in einem Alter, in dem ich nicht mehr nach ihrer Tätigkeit fragte. Es war auch nicht wichtig. Sie war meine Mutter und ich liebte sie bedingungslos für alles, was sie tat.

Am nächsten Morgen stand ich leise auf und zog mich an. In der Küche nahm ich mein Pausenbrot, das ich am Abend vorbereitet hatte, und packte es zusammen mit dem Butterkuchen für Nike in meinen Ranzen.

Sie fingen mich bereits auf dem Schulweg ab. Das hatten sie vorher noch nie getan und ich war nicht darauf vorbereitet. Zu fünft stürzten sie sich aus einem Gebüsch auf mich. Der Größte und Breiteste nahm mich in den Schwitzkasten, während die übrigen auf mich einschlugen und traten. Dabei achteten sie darauf, mich nicht im Gesicht zu treffen, damit es nicht auffiel. Sie wussten, dass ich nichts sagen würde. Das tat ich nie und ich würde es auch jetzt nicht tun. Ich schrie nicht. Ich wehrte mich nicht. War ohnehin aussichtslos. Als sie mit mir fertig waren, sagte ihr Anführer, der Längste und Dümmste von ihnen: »Jetzt wollen wir mal sehen, was der kleine Hosennässer in seinem Beutelchen hat.«

Mit diesen Worten schlug er mir zwischen die Beine, sodass ich vor Schmerzen auf die Knie sank. Benommen nahm ich wahr, wie sie mir den Ranzen vom Rücken zerrten und johlend meine Brote und den Kuchen an sich rissen. Den Ranzen warfen sie in den Dreck und gingen ihrer Wege.

Ich erlaubte mir, noch eine Weile auf dem Boden zu kauern, bevor ich mir meinen Ranzen nahm und den Schulweg fortsetzte. Ich konnte dem Tag nun gelassen entgegenblicken. Mein Essen hatten sie bereits und mehr als einmal am Tag verdroschen sie mich nie. Alles, was ich heute noch zu befürchten hatte, waren ein paar blöde Sprüche und hier und da ein unauffälliger Tritt auf dem Pausenhof. Zumindest dachte ich das an diesem jungen, unschuldigen Morgen.

Der Schultag verlief tatsächlich ohne weitere Unannehmlichkeiten und am Nachmittag ging ich zielstrebig zu Nike und ihren Eseln. Ich folgte dem Weg, der von der Schule am Waldrand entlang führte. Obwohl der Wald von der Sonne beschienen wurde und ihm einen angenehm warmen Duft entlockte, löste die Nähe der Bäume Unbehagen in mir aus. Ich würde Nikes Wiese wesentlich schneller erreichen, wenn ich quer durch den Wald ginge. Doch nichts in der Welt konnte mich dazu bewegen, ihn zu betreten. Niemand tat das.

Als wir das schäbige kleine Haus, das meine Mutter von ihren Eltern geerbt hatte, bezogen, warnte sie mich ausdrücklich vor dem Wald. Ich musste ihr versprechen, niemals in den Wald zu gehen. Und sie verbot mir, ganz gleich, in welcher Eile ich war, den Schulweg durch das Waldstück abzukürzen. Ich wunderte mich zwar, doch ich wagte es nicht, ihre Warnung zu missachten, so ernst hatte sie mich angesehen. Nachdem wir einige Zeit hier gewohnt hatten, stellte ich fest, dass alle Leute den Wald fürchteten. Die Angst der Menschen übertrug sich bald auf mich, ohne dass ich sie hinterfragte. Selbst meine persönlichen Folterknechte, die sich manchmal einen Scherz daraus machten, mich ganz nah an die Baumgrenze zu treiben, schreckten davor zurück, mich ganz hineinzudrängen.

Doch an diesem Nachmittag gelang es mir, mein Unbehagen zu ignorieren und die Schönheit des Tages zu genießen. Für einen kurzen Moment fühlte ich das Glück vollkommenen Friedens, das sogar meinen laut knurrenden Magen übertönte. Ich hatte beinahe den Rand des Waldes erreicht, der an Nikes Wiese grenzte, als ich die Stimmen hörte.

Lautes Gejohle und Gelächter drangen durch die herbstlichen Bäume herüber. Ich erkannte die Stimmen sofort und das eben noch empfundene Glück ballte sich zu einer Faust, die mir mit voller Wucht in die Magengrube schlug. Ich beeilte mich, den Ausläufer des Waldes zu umrunden, um freien Blick auf das Geschehen zu erhalten. Keuchend ließ ich die letzten Bäume hinter mir und sah, was ich bereits ahnte: mein Empfangskomitee von heute Morgen. Sie standen am Zaun, beschimpften Nike und verhöhnten sie mit vulgären Gesten. Das Blut schoss mir in den Kopf und mein Herz raste. Meine Füße weigerten sich jedoch, weiter auf die Szene zuzugehen, bis sich der Anführer nach einem faustgroßen Stein bückte.

Mit einem Schrei stürzte ich mich auf die Jungen. Alle waren größer und stärker gebaut als ich. Ihre Überzahl würden sie nicht ausspielen müssen, um mich zu überwältigen und mit dem Gesicht voran in den Dreck zu werfen. Doch sie hatten mich nicht gesehen und mein Ausbruch traf sie vollkommen unvorbereitet. Zudem entwickelte ich Kräfte, die ich niemals in mir vermutet hätte.

Ich schlug mit beiden Fäusten auf den Erstbesten ein, der mir in die Quere kam. Scheinbar landete ich einen glücklichen Treffer, denn er krümmte sich nach meiner Attacke am Boden. Die anderen Jungen hatten etwas Abstand genommen und überlegten, wie sie mich am besten erledigen konnten. Doch bevor ich weiter auf sie einschlagen konnte, drang Nikes Stimme in mein Bewusstsein.

»Kletter über den Zaun, hier können sie dir nichts anhaben!«, rief sie mir verzweifelt zu.

Geistesgegenwärtig wandte ich mich von den Jungen ab und rannte auf den Zaun zu. Ich erreichte ihn noch, bevor meine Peiniger reagieren konnten, und schwang mich darüber. In meiner Hast stolperte ich und kugelte ein Stück über die

Wiese. Als ich mich aufrappelte, lief Nike auf mich zu. Sie schloss mich erleichtert in die Arme. »Ich bin so froh, dass dir nichts passiert ist!«

Ich war überrascht. Sicherlich war mein Angriff nicht besonders aussichtsreich gewesen, aber ihre Reaktion schien mir doch etwas übertrieben. Außerdem hatte ich es lediglich über den Zaun bis zu ihr geschafft.

»Wir sollten machen, dass wir hier wegkommen. Wenn sie begreifen, was ich getan habe, sind wir beide dran. Ich habe mich noch nie gewehrt, das werden sie nicht so einfach auf sich sitzen lassen«, erklärte ich, doch Nike schüttelte nur lächelnd den Kopf.

»Das ist nicht nötig. Sie können gar nicht bis zu uns kommen.« Mit diesen Worten deutete sie zum Zaun. Verwundert sah ich, wie der Anführer Anstalten machte, sich ebenfalls hinüberzuschwingen. Doch er wich hastig zurück, als er das dunkle Holz berührte. Beinahe so, als habe er sich verbrannt. Verdutzt starrte er abwechselnd auf den Zaun und auf seine Hand. Ich konnte von Weitem erkennen, wie ihn das Nachdenken anstrengte. Dann wies er einen seiner Freunde an, es ebenfalls zu versuchen. Ein grobschlächtiger Junge mit strohblondem Haar streckte zögerlich eine Hand nach dem Zaun aus. Der Anführer schubste ihn ungeduldig, sodass der Junge gegen das Holz stolperte und schmerzerfüllt aufschrie. Erschrocken wichen die übrigen Jungen zurück, doch ihr Anführer trieb sie weiter an.

Nike und ich setzten uns etwas abseits ins Gras und beobachteten das Schauspiel. Ganz gleich, was die Jungen auch anstellten, stets hielt eine unsichtbare Barriere sie zurück. Bald gaben sie es auf und beschränkten sich darauf, uns zu beschimpfen und uns zu drohen. Als ihnen das auch zu langweilig wurde, zogen sie endlich von dannen.

Himmlische Ruhe ergoss sich über die Wiese, die jetzt nur noch vom Rauschen des Waldes erfüllt war. Eine Weile saßen wir schweigend nebeneinander und starrten auf den Zaun. Doch dann nagten sich die Fragen erneut in meinen kleinen Frieden. »Warum konnten sie nicht über den Zaun klettern?«, fragte ich schließlich.

»Über den Zaun gelangt nur, wer auf dieser Wiese willkommen ist«, lautete die Antwort. Sie kam jedoch nicht von Nike.

Erschrocken fuhr ich zusammen. Die Stimme war in meinem Kopf oder bildete ich mir das nur ein? Suchend blickte ich mich nach ihrem Eigentümer um. Ich konnte niemand entdecken. Nur Oheim, der älteste Esel, stand direkt hinter uns. Die anderen Tiere der Herde grasten gleichmütig etwas weiter von uns entfernt. Oheim musste während des Spektakels am Zaun unbemerkt zu uns getreten sein. Aufmerksam blickte er auf mich herab. Verwirrt drehte ich mich erneut zu Nike. Sie musterte mich ihrerseits forschend.

Ich redete mir ein, dass ich mich getäuscht haben musste, und führte das Gespräch fort, als sei nichts vorgefallen.

»Dann hätten sie dir also gar nichts antun können?«

Nike lachte bitter und winkte ab. »Glaub mir, wir hatten es hier schon mit ganz anderen Sachen zu tun.«

»Warum? Und wie machst du das? Also, das mit dem Zaun?«

Ein Lachen hallte durch meinen Kopf. Es klang weder nach einer Frau, noch nach einem Mann. Und erst recht nicht nach Nike.

»Sie macht gar nichts. Dazu ist sie nicht fähig«, stellte die Stimme nüchtern fest.

Ich war mir sicher, dass Nike meine zunehmende Verwirrung bemerkte, doch sie ging nicht darauf ein.

»Die Leute mögen uns eben nicht. Du hast uns doch auch erst besucht, als nichts mehr zu verlieren war. Und manchmal fällt den Dorfbewohnern ein, dass wir stören und deshalb weg müssen. Einmal kam sogar der Bürgermeister und sagte, dass die Gemeinde diese Wiese braucht, um neue Häuser darauf zu bauen. Aber nicht einmal mit ihren Maschinen konnten sie den Zaun überwinden.«

»Und wieso nicht?«

»Weil wir hier wachen. Und solange wir hier sind, überwindet niemand ungebeten den Zaun.«

Diesmal konnte ich mich nicht mehr beherrschen. Ich sprang auf und sah mich suchend nach dem fremden Sprecher um. Doch es war weiterhin niemand zu sehen. Oheim hatte lediglich den Kopf gehoben. Er sah mich gleichmütig an und zerkaute genüsslich ein Büschel Herbstgras. Nike lächelte mit schräg gelegtem Kopf zu mir herauf.

»Nike, was geht hier vor? Ich höre eine Stimme.«

Sie lächelte mich verschmitzt an. »Das ist gut. Wir reden ja auch miteinander.«

»Ich meinte nicht deine Stimme. Ich höre noch eine andere. In meinem Kopf.« Die letzten Worte flüsterte ich, da ich mir selbst lächerlich vorkam. Ich wand mich innerlich, als ich meine Vermutung äußerte, doch ich musste es einfach wissen. »Kann es sein, dass Oheim wirklich spricht? Also nicht spricht, sonst würden sich ja seine Lippen bewegen. Aber dass er sich irgendwie, nun ja, mitteilt?«

Nike schien beinahe belustigt über mein Unbehagen. »Warum ist es für die meisten Menschen so schwierig, die Dinge einfach zu akzeptieren, wie sie sind? Wenn es für dich so wichtig ist, warum fragst du Oheim nicht einfach selbst?«

Kurz dachte ich über Nikes Worte nach und wandte mich dann schüchtern an den immer noch genüsslich kauenden Esel.

»Guten Tag Herr Oheim, ich wollte fragen, ob Sie mit mir gesprochen haben? Also, in meinem Kopf.«

Ich war mir nicht sicher, wie man ein Eseloberhaupt richtig ansprach. Oheim sah mich ungerührt an und senkte dann den Kopf, um ein weiteres Grasbüschel aus der Wiese zu reißen. Ich wollte mich bereits resigniert abwenden, als er mir tatsächlich antwortete.

»Wir reden nur, wenn wir es für wichtig halten. Wir sind hier, um zu wachen, nicht zum Reden.«

»Was bewacht ihr denn? Nur Nike oder noch etwas anderes?«

»Vielleicht wird er es erfahren, vielleicht nicht. Die Zeichen streben dem Ende zu.« Mit diesen Worten drehte er sich um und trottete hinüber zu den anderen Eseln.

Verwirrt ließ ich mich wieder neben Nike ins Gras sinken. »Was meinte er damit, dass die Zeichen dem Ende zu streben und was bewacht er oder sie?«

»Das kann ich dir nicht sagen, wenn Oheim es noch nicht erlaubt. Die Zeit wird die Antworten bringen.«

Nike gab mir Rätsel auf. Und es wurden nicht weniger, je mehr Zeit ich mit ihr verbrachte. Ganz im Gegenteil. Das kleine Mädchen sprach, als wisse es viel mehr von der Welt als ich oder irgendwer sonst. Ich bewunderte ihre Ruhe, mit der sie die Dinge betrachtete. Und zugleich verunsicherte sie mich. Mir fiel eine Frage ein, die ich ihr schon längst hätte stellen sollen.

»Wie lange lebst du eigentlich schon auf dieser Wiese?«

Meine Mutter und ich waren vor vier Jahren hierher gezogen und da lebte das Eselmädchen bereits hier. Bei unserer Ankunft wirkte sie jedoch älter als ich, und jetzt überragte ich sie beinahe um eine Kopflänge. Sie war in diesen Jahren nicht einen Tag gealtert! Warum war mir das zuvor nie aufgefallen?

Nike lächelte mich wissend an. »Seit es notwendig ist.«

Ich ahnte, dass ich keine weitere Erklärung von ihr erhalten würde, und schnitt ein anderes Thema an. »Warum warst du eigentlich so besorgt um mich?«

»Oheim hat gesagt, dass dir vielleicht etwas zustoßen könnte. Er sieht solche Dinge. Allerdings nicht so genau. Er weiß nie sicher, was den Menschen passiert und wie schlimm es ist. Es kommt auf ihre Entscheidungen an.«

Ich dachte einen Moment über ihre Worte nach, dann sagte ich: »Sie haben mich bereits heute Morgen abgefangen. Mein Essen haben sie mir abgenommen und auch den Kuchen für dich. Aber das ist nichts Neues, sie verprügeln mich häufig. Allerdings haben sie mir zum ersten Mal aufgelauert und mich bestohlen. So weit gehen sie sonst nie.«

Nike nickte nachdenklich. »Zu mir waren sie auch zum ersten Mal so gemein. Bisher haben sie sich nur über mich lustig gemacht, wenn sie an der Wiese vorübergingen.«

»Das ist wegen mir«, erklärte ich. »Einer von ihnen hat mich gestern Abend gesehen, als ich mit dir geredet habe.«

Überrascht stellte ich fest, dass Nike den Kopf schüttelte. »Nein. Es ist nicht deshalb. Und es sind auch nicht nur sie oder wir. Es hat vor vielen Jahren begonnen und es wird schlimmer werden. Es sind die Zeichen, weißt du. Alle Menschen werden jetzt böser. Die Wut besiegt sie.«

In ihren letzten Worten lag so viel bittere Gewissheit, dass es mich schauderte. Ich wusste nicht einmal genau, wovon sie sprach. Doch ich ahnte, dass es etwas mit dem zu tun haben musste, das Oheim hier bewachte.

Bevor ich etwas erwidern konnte, fragte sie: »Was für Kuchen hattest du für mich?« Jetzt klang sie tatsächlich wie ein kleines Mädchen.

»Butterkuchen von meiner Mutter.«

»Und sie war nicht böse auf dich, weil du mich besucht hast?«

»Nein. Sie sagte nur, wenn ich zu dir gehe, soll ich dir wenigstens etwas zu essen mitbringen, und dass du bestimmt sehr einsam bist.«

»Sie spürt es auch«, stellte sie wieder in ernstem Tonfall fest. Ohne jede Erklärung, was genau meine Mutter auch spürte, fuhr sie fort. »Du solltest jetzt lieber zu ihr gehen. Du musst sehr hungrig sein. Morgen kannst du wieder kommen.«

Mit diesen Worten stand sie auf und ging zu ihrer Hütte. Ohne sich umzudrehen, rief sie mir zu: »Was hältst du davon, wenn wir morgen einen kleinen Ausflug machen?«

Meine Mutter erwartete mich ausgehfertig im Hausflur. Kritisch musterte sie meine Kleidung, die bei meinem Sturm auf Nikes Angreifer durcheinandergeraten war. »Am besten ist es, du ziehst dir saubere Sachen an und wäschst dir Gesicht und Hände. Wir gehen einkaufen.«

Mit einem Schlag waren der Ärger über mein Erlebnis nach der Schule und die Beklemmung, die bei Nikes Worten von mir Besitz ergriffen hatte, verschwunden. Freudig eilte ich die Treppe hinauf, wusch mich und brachte meine Kleider in Ordnung. Meine Mutter achtete peinlich darauf, dass wir sauber, aber nicht aufdringlich gekleidet waren, wenn wir ins Dorf gingen.

Sie nahm mich stets mit zum Einkaufen. Einerseits konnte ich ihr beim Tragen helfen und andererseits ertrug sie so die Ablehnung, die uns von allen Seiten entgegenschlug, wesentlich leichter. Zum Glück ersparten unsere bescheidenen Lebensverhältnisse uns allzu häufige Einkäufe. Obwohl es meist keine schönen Erlebnisse waren, ging ich gerne einkaufen. Eine kleine Leckerei fiel dabei immer für mich ab und es bot eine Gelegenheit, der Enge unseres Hauses zu entkommen.

Unser Dorf verfügte, neben einem Bäcker und einem Metzger, nur über einen weiteren Laden, in dem sich zwangsläufig die halbe Nachbarschaft traf. Der Weg durch die gefegten Straßen, vorbei an gepflegten Vorgärten und sauberen Häuserfassaden, verlief ohne allzu unangenehme Begegnungen. Nur eine ältere Dame, die meine Mutter wahrscheinlich noch aus Kindertagen kannte, spuckte uns vor die Füße, nachdem meine Mutter sie höflich gegrüßt hatte. Ich bewunderte meine Mutter in solchen Situationen. Sie wahrte die Fassung und wünschte der Dame auch noch einen schönen Tag.

Im Laden wurde es zunehmend merkwürdiger. Als wir die Türschwelle übertraten, zogen wir die Blicke aller Anwesenden auf uns. Insgesamt waren es wahrscheinlich nicht mehr als sieben Personen, doch wirkten sie in der Enge des Ladens wie eine massive Menschenmasse. Eine junge Frau verließ augenblicklich das Geschäft und zog ihre Tochter hinter sich her. Die Kleine stürzte und schlug sich das Knie auf. Alle Augen richteten sich auf das weinende Kind und dann wieder auf uns, als sei das allein unsere Schuld.

Meine Mutter lächelte und grüßte freundlich, dann begann sie, die Regale nach den Dingen auf ihrer Einkaufsliste abzusuchen. Ich beeilte mich, ihr mit dem Korb nachzugehen. Auch die übrigen Kunden setzten ihren Einkauf fort. Allerdings mieden sie es, meiner Mutter und mir zu nahe zu kommen.

Als der Korb gut gefüllt war, gingen wir zum Tresen. Ich begann, die Sachen darauf auszubreiten, sodass die Krämerin die Waren abrechnen konnte. Sie war elegant gekleidet und musste ungefähr das gleiche Alter wie meine Mutter haben. Wortlos tippte sie die Preise in ihre Kasse ein. Ich räumte alles zurück in den Korb. Als meine Mutter schließlich das Geld über den Tresen schob, sprach die Krämerin sie mit gesenkter Stimme an.

»Ich möchte Sie bitten, meinen Laden in Zukunft nicht mehr am helllichten Tage zu betreten. Wir wünschen keine … Damen wie Sie unter unseren Kunden.«

Meine Mutter hob langsam den Kopf und sah der Ladeninhaberin fest in die Augen. Kurz herrschte eisiges Schweigen zwischen ihnen, dann sagte meine Mutter mit lauter Stimme: »Ines, wir sind zusammen zur Schule gegangen. Wir haben gemeinsam auf dem Dorfplatz gespielt und ich habe bereits als junges Mädchen bei deiner Mutter eingekauft. Warum soll ich das jetzt nicht mehr dürfen?«

Ines hielt dem Blick meiner Mutter nicht länger stand. Sie hob zu einer Antwort an, doch eine schrille Stimme verhinderte, dass wir sie hörten.

»Ich habe sie zuerst gesehen, also werde ich sie auch bekommen!«, keifte eine Frau, vor einem der Wandregale.

»Verzeihung, aber ich habe sie zuerst in der Hand gehabt, also werde ich sie auch behalten«, erwiderte ihre Kontrahentin zwar ruhiger, jedoch merklich verärgert.

»Aber meine Damen«, schaltete sich Ines ein. »Sie werden sich doch wohl nicht um eine Dose Thunfisch streiten. Nächste Woche erhalte ich sicherlich eine neue Lieferung, dann gibt es wieder genug Thunfisch für alle.«

»Nächste Woche? Und was soll mein Sohn bis dahin auf seinem Brot essen? Was ist das hier für ein Saftladen, wenn Sie nicht einmal Thunfisch auf Vorrat haben?«

»Manchmal gehen uns die Dinge einfach aus, aber vielleicht kann sich Ihr Sohn zur Abwechslung mit etwas anderem anfreunden?«

Jetzt schnaubte die Dame, die den letzten Thunfisch ergattert hatte, verächtlich. »Das kann er wahrscheinlich nicht, wie ich Marias verwöhntes Balg kenne.«

»Was soll das heißen, Agnes? Was fällt dir ein, meinen Sohn ein verwöhntes Balg zu schimpfen, wo dein Bengel nichts als Flausen im Kopf hat.«

»Flausen? Immerhin ist er in der Lage, sich seine Schulbrote selbst zu schmieren und muss nicht ständig umsorgt werden.« Ein gehässiges Grinsen begleitete Agnes' Worte und verfehlte seine Wirkung nicht.

»Ach so nennst du das, wenn das Kindermädchen sich lieber mit anderen Dingen beschäftigt, als sich ihren Aufgaben zu widmen. Jeder, der auch nur über einen Funken Verstand verfügt, hätte erkannt, dass diese verlotterte Dirne zu nichts taugt. Aber das ist dir wahrscheinlich nicht so wichtig, du hast ja selbst kaum Interesse daran, was in deinem Haushalt vorgeht«, schoss Maria sogleich zurück.

»Willst du es jetzt mir in die Schuhe schieben, dass dein Mann zu Hause nicht auf seine Kosten kommt und sich außerhalb nicht im Griff hat?« Agnes hatte ihre Stimme zu einem gefährlichen Zischen gesenkt.

Ines trat zu den Damen und sprach freundlich, aber bestimmt auf sie ein. »Ich bitte Sie, dieser Streit hat doch nun wirklich nichts mehr mit dem Thunfisch zu tun. Vielleicht können wir uns darauf einigen, dass Sie die letzte Dose erhalten und Sie sich zunächst eine Alternative suchen. Und dann setzen Sie Ihren Streit in privatem Rahmen fort.«

»Mischen Sie sich nicht ein. Sie schaffen es ja nicht einmal, Ihren Laden anständig zu führen! Ihre Mutter würde sich schämen. Sie hatte immer sämtliche Waren vorrätig!«, fauchte Maria.

»Ja, für dich kleines Miststück hatte die alte Krämerin immer alles vorrätig. Aber nur, weil sie mit deinen Eltern so gut befreundet war«, giftete Agnes.

»Halten Sie meine Mutter aus dieser Angelegenheit heraus, sonst muss ich Sie des Ladens verweisen!« Allmählich schien auch Ines ihre Fassung zu verlieren.

Mir kam das alles vor wie ein schlechter Traum. Warum reagierten die zwei Frauen so merkwürdig?

Es ging doch nur um eine lächerliche Dose Thunfisch, oder nicht?

Mit Sorge bemerkte ich, wie auch meine Mutter sich den Streitenden näherte. Sie war wohl kaum die richtige Person, um in einem solchen Streit zu vermitteln. Hektisch sah ich mich im Laden um, aber es war niemand mehr außer uns hier.

»Maria. Agnes. Jetzt hört mal, wir sind doch erwachsene Menschen. Es gibt keinen Grund, sich Beleidigungen an den Kopf zu werfen. Ich bin mir sicher, es lässt sich eine andere Lösung finden.«

Meine Mutter hatte Ines eine Hand auf die Schulter gelegt, während sie sprach. Agnes, die die Thunfischdose fest umklammerte, ergriff als Erste das Wort. »Dass du es wagst, dich hier einzumischen und eine geachtete Frau, die ehrlich ihr Geld verdient, anzurühren! Ich habe meinem Mann gleich gesagt, dass man dich fortjagen sollte. Dich und deinen verdorbenen Sohn.«

Ruckartig nahm meine Mutter die Hand von Ines' Schulter und stellte sich schützend vor mich.

Maria lachte gehässig. »Als ob ausgerechnet dein Mann, unser hoch geachteter Bürgermeister, Interesse daran hätte, diese alte Schlampe wegzuschicken!«

»Ich bin genauso alt wie du, Maria«, bemerkte meine Mutter trocken.

Agnes erhob wie hypnotisiert die Thunfischdose.

»Was willst du damit sagen?«, presste sie zwischen zusammengebissenen Zähnen hervor.

»Jeder hier im Dorf weiß doch, dass …«

Marias Satz blieb unvollendet, denn in diesem Moment flog die Konservendose auf Maria zu, die sich mit einem beherzten Sprung zur Seite rettete.

»Du Miststück!«, brüllte sie atemlos und griff wahllos in das Regal.

»Maria! Agnes! Ihr werdet mir jedes einzelne Teil bezahlen!«, rief Ines hilflos und flüchtete sich hinter ihren Tresen.

Ich konnte mir nicht erklären, was hier vor sich ging. Meine Mutter wies mich an, hinüber zum Metzger zu laufen, um Hilfe zu holen.

Es benötigte am Ende den Fleischer, seinen Lehrling und drei weitere Kunden aus seinem Laden, um die Damen voneinander zu trennen und nach Hause zu befördern. Meine Mutter und ich schlichen inmitten des ganzen Aufruhrs davon und waren froh, dass wir einmal nicht das Ziel der öffentlichen Verachtung geworden waren.

Am darauf folgenden Tag ließen meine Peiniger mich in Ruhe. Vielleicht waren auch sie zu sehr mit dem Vorfall im Krämerladen beschäftigt, der das ganze Dorf seit dem vergangenen Nachmittag in Atem hielt. Meine Mutter und ich hatten uns ebenfalls darüber unterhalten.

»Weißt du, die Frauen hier im Dorf waren immer schon gehässig und streitlustig. Es ist für sie eine Art Zeitvertreib. Ich glaube, ihnen fehlt einfach Abwechslung. Dass sie aufeinander losgehen wie die Ziegenböcke, ist allerdings noch nicht vorgekommen«, sagte meine Mutter beim Abendessen.

»Mir kam das alles komisch vor. Irgendwie so gespielt und künstlich. Ich meine, worüber haben sie überhaupt gestritten?«, überlegte ich laut.

»Ich denke, sie brauchten gar keinen echten Grund. Ihre Köpfe stecken voller Gemeinheiten, wie sollten sie da noch einen klaren Gedanken fassen? Und wenn die Wut einmal ausbricht, dann lässt sie sich nicht mehr so leicht zügeln. Das kennst du doch sicherlich auch.«

Ich nickte gedankenverloren. Natürlich kannte ich dieses Gefühl. Noch am selben Tag hatte ich es gespürt. Da hatte sich die Wut in mir aufgebläht wie eine gigantische Gaswolke und war schließlich als blinde Gewalt aus mir herausgebrochen. Ich musste zugeben, dass meine eigene Reaktion sich nur wenig von dem Verhalten der Frauen im Laden unterschied. Konnte ich sie verurteilen, nur weil es für ihre Wut andere Auslöser gab? Ich hatte die halbe Nacht über das Geschehene nachgedacht. Am meisten beunruhigte mich, dass die Ereignisse irgendwie zu Nikes Worten passten. *Die Wut besiegt die Menschen*, hallte es immer wieder durch meine Gedanken.

Und dann gab es noch einen weiteren Vorfall, der meine Peiniger vermutlich vergessen ließ, dass es mich überhaupt gab.

Ihr Anführer hatte einen Teil seiner Hausaufgaben vergessen. So etwas kam häufiger vor und wurde meist mit Nachsitzen bestraft. Doch an diesem Morgen wuchs sich diese Lappalie zu einem heftigen Streit zwischen dem Lehrer und seinem aufmüpfigen Schüler aus. Alle Anwesenden folgten wie gebannt dem Geschehen. Es kam selten vor, dass ein Schüler es wagte, einem Lehrer zu widersprechen. Einen richtigen Streit hatte es daher noch nie gegeben.

Kaum hatte ich die Ähnlichkeit zu dem Streit im Krämerladen erkannt, schmierte ein gehässig-süffisantes Grinsen über das Gesicht des Lehrers und er flüsterte seinem zornesroten Schüler zu: »Ich denke, ich habe genug Argumente und Einfluss auf deine Mutter, um sie davon zu überzeugen, dass du in einem weit entfernten Internat weitaus besser aufgehoben bist. Und dein Vater ist in seinem hohen Amt derart beschäftigt, dass er dich nicht vermissen wird. Du siehst, zu Hause störst du ohnehin nur.«

Es war, als hielte die Welt für einen Atemzug in ihrer Bewegung inne, um sich dann mit doppelter Geschwindigkeit wieder in Bewegung zu setzen. Der dünne, jedoch zähe Junge, der dem Lehrer an Körpergröße unterlegen war, stürzte sich auf den Mann, dem das Grinsen aus dem Gesicht fiel.

Geistesgegenwärtig erhoben sich die Jungen, die dem Schauspiel am nächsten saßen, und hielten den aufgebrachten Mitschüler zurück. Das Gesicht des Schülers glühte vor Verzweiflung. Wut und Hass raubten ihm scheinbar Verstand und Sprache.

Der Lehrer jedoch, der bei dem Angriff zu Boden gestürzt war, erhob sich langsam und lachte leise. »Jetzt hab ich dich soweit. Das wirst du noch bereuen.«

Der Junge wehrte sich gegen den festen Griff seiner Mitschüler, kam aber nicht dagegen an.

»Was wollen Sie schon ausrichten? Sie sind ein kleiner, unbedeutender Dorflehrer und ich bin der Sohn des Bürgermeisters. Was denken Sie, wem er zuhören wird?«

Der Lehrer blickte den Jungen nachdenklich an und sagte schließlich: »Du wirst den Rest der Woche nachsitzen und deine Hausaufgaben nacharbeiten. Außerdem werde ich an deine Eltern schreiben und sie über dein Verhalten hier in der Schule informieren. Und jetzt setzt euch gefälligst alle auf eure Plätze!«

Fassungslos stellte ich fest, dass der Lehrer einfach zum Tagesprogramm überging. Die übrigen

Schüler taten ebenfalls so, als sei nichts vorgefallen. Mein persönlicher Folterknecht jedoch verhielt sich den restlichen Tag außergewöhnlich still. Selbst in der Pause stand er nur mit seinen Freunden in einer Ecke des Pausenhofes, wo sie verschwörerisch die Köpfe zusammensteckten.

Als am frühen Nachmittag endlich das Läuten der Glocke den Unterricht beendete, strömten wie üblich alle gleichzeitig aus dem Klassenraum. Nur das Gerangel am Türrahmen blieb aus. Offensichtlich war der Vorfall vom Morgen doch nicht so spurlos an allen vorübergegangen.

Immer noch grübelnd machte ich mich auf den Weg zu Nike. Selbst als ich das Schulgebäude schon weit hinter mir gelassen hatte, ließ das enge Band, das sich beim Anblick des verzweifelten Peinigers um meine Brust gelegt hatte, nicht locker. Ich fühlte mich befangen und der Schmerz in den Augen des mir verhassten Jungen wollte mir einfach nicht aus dem Kopf gehen.

Nike empfing mich vor ihrer Hütte und war bester Laune. »Du siehst bedrückt aus, aber das muss warten. Wir machen erst einen kleinen Spaziergang und dann darfst du mir dein Herz ausschütten.«

Ohne meine Antwort abzuwarten, drehte sie sich um und stapfte zielstrebig auf den Waldrand zu. Panik keimte in mir auf.

»Wir gehen doch wohl nicht in den Wald?«, fragte ich mit schriller Stimme.

»Doch. Genau dort gehen wir hin. Es ist ein herrlicher Tag und nirgends kann man so ungestört reden wie zwischen den himmelhohen Baumriesen.«

»Aber niemand geht in den Wald«, wandte ich ein.

»Denkst du, ich habe mich jemals darum geschert, was andere tun?«, rief sie mir über die Schulter zu.

»Nein, das nicht. Aber es ist gefährlich, dort geschehen schreckliche Dinge! Die Leute sagen, niemand, der in den Wald geht, kommt jemals wieder heraus!«

Endlich blieb Nike stehen und drehte sich zu mir um. »Und wer erzählt dann von den schrecklichen Dingen? Glaube mir, ich war schon unzählige Male in diesem Wald und ich habe noch nie einen der Schrecken gesehen, von denen die Leute hier so gerne berichten. Außerdem solltest gerade du dir überlegen, wie viel du auf das Gerede der Leute gibst. Denk doch nur daran, was sie alles über dich und deine Mutter erzählen oder über andere, die nicht in ihre kleine heile Welt passen.«

»Aber meine Mutter hat mir verboten, in den Wald zu gehen. Sie sagt, dass nur sehr kleine und sehr dumme Kinder im Wald spielen«, erwiderte ich kleinlaut.

»Dann lass uns heute sehr kleine und sehr dumme Kinder sein«, sagte Nike grinsend und zog mich in den Schatten der Bäume. Angesteckt von ihrer Euphorie, leistete ich diesmal keinen Widerstand.

Im Wald drang das Licht der Nachmittagssonne nur spärlich durch die dichten Wipfel. Es war kühl, ich spürte eine leichte Gänsehaut auf meinen Armen. Mein anfängliches Unbehagen wich, während Nike mich zielstrebig durch den Wald führte. Mir gefiel die Ruhe und ich fühlte mich, umgeben von den stummen Riesen, die schützend ihre Arme über uns ausbreiteten, geborgen.

Wir gingen nicht weit, bis wir eine kleine Lichtung erreichten, auf der Nike sich in das weiche Moos fallen ließ. Ich setzte mich zu ihr und betrachtete die Umgebung. Es war wunderschön. Die Bäume rund um die Lichtung umkränzten den Ausschnitt des klaren Herbsthimmels. Das Licht fiel großzügig auf die kleine Insel mitten im Wald und färbte alles in einem warmen Grün. Insekten schwirrten umher und ihre kleinen Chitinpanzer schillerten in der hellen Nachmittagssonne, die das Moos wärmte. Es war so still, dass ich das Surren und Brummen ihrer Flügel deutlich hören konnte. Die feuchte Waldluft roch nach Pilzen und nach Laub, das bald in neuem Farbenkleid, den Boden schmücken würde.

Ich bemerkte, dass Nike mich beobachtete. Sie lächelte und wirkte wieder einmal viel älter, als ihr

Äußeres vermuten ließ. Darüber hinaus verlieh ihr die Umgebung etwas Feenhaftes, beinahe so, als wäre sie nicht von dieser Welt.

»Siehst du? Es gibt hier nichts Bedrohliches. Man darf nicht allen Geschichten glauben, die die Leute sich erzählen.« Der fröhliche Ausdruck verschwand aus ihrem Gesicht, als sie nachdenklich hinzufügte: »Auch wenn diese manchmal einen wahren Kern haben.« Sie schüttelte den Kopf, als wolle sie einen lästigen Gedanken verscheuchen. »Aber jetzt erzähl mal, was dich so bedrückt.«

Ich erzählte ihr von den streitenden Frauen im Dorfladen, dem verstörenden Ereignis in der Schule und der Verwirrung, die die Verletzlichkeit des mir so verhassten Jungen ausgelöst hatte. Und schloss mit einer Frage, die mich bereits seit dem vergangenen Nachmittag quälte.

»Meintest du das, als du gesagt hast, dass die Wut die Menschen besiegt?«

Sie nickte kummervoll. »Die Menschen verlieren das Maß und ihre Hemmungen. Wut, Hass, Neid und Gier machen sie unkontrolliert. Es wird schlimmer werden.«

»Schlimmer? Die Leute streiten wegen Kleinigkeiten ohne einen wirklichen Grund und prügeln sich. Wie soll es denn noch schlimmer werden? Am Ende bringen sie sich noch um, weil einer was Falsches gesagt hat.«

»Genau das. Das Elend breitet sich aus und wird die Menschen irgendwann derart gegeneinander aufbringen, dass sie sich selbst zugrunde richten.«

»Welches Elend?«, fragte ich trotzig. »Wir reden hier von einem Jungen, der alles hat, wovon ich nicht mal zu träumen wage. Seine Eltern besitzen sogar ein Auto!«

Nike lächelte mich mitleidig an. »Siehst du? Bei dir beginnt es auch. Du bist neidisch und wütend auf den Jungen. Wahrscheinlich hasst du ihn sogar.«

»Ja, natürlich hasse ich diesen Kerl!«, schrie ich und sprang auf. Meine Stimme klang schrill und fremd. »Hast du vergessen, was er mir antut? Jeden verdammten Tag! Er macht mir das Leben zur Hölle und sorgt dafür, dass ich auf gar keinen Fall vergesse, was für ein kleines, unbedeutendes Würstchen ich bin.«

Ich stampfte mit dem Fuß auf. Es klang lächerlich dumpf auf dem weichen Untergrund. Nie zuvor war mir der Hass auf diesen Jungen so bewusst geworden.

Nike blieb ruhig und sah aus klugen Mädchenaugen zu mir auf. »Ich weiß, dass du weißt, dass ich recht habe. Und das macht dich so wütend.«

Sie war eine elende Klugscheißerin! Aber sie hatte mich ertappt. Ich schämte mich für mein dummes Verhalten und die Wut verrauchte augenblicklich. Es war, als hätte jemand einen Schalter umgelegt. Ich ließ mich zurück in das weiche Moos plumpsen und saß mit hängenden Schultern neben ihr.

»Fühlst du dich jetzt besser?«, fragte Nike.

»Nein. Eher ein bisschen leer«, antwortete ich ehrlich.

»Das ist die Wut. Sie macht sich breit in dir und füllt dich eine Weile aus. Und wenn sie weg ist, ist da eben nichts mehr. Wichtig ist, dass du dich wieder mit guten Sachen auffüllst.«

Es war erstaunlich, wie gut Nike solche Dinge in Worte fassen konnte. Viel besser als mancher Erwachsene.

»Hast du dich nie gefragt, warum diese Jungen so erpicht darauf sind, dir deine Schwächen vor Augen zu führen?«, fragte sie scheinbar zusammenhangslos.

»Weil sie größer und stärker sind als ich und weil sie es einfach können?«, antwortete ich genervt.

Energisch schüttelte sie den Kopf. »Sie beneiden dich um etwas, das für dich selbstverständlich ist und das du überhaupt nicht bemerkst.«

»Und was soll das bitte sein?«

»Geborgenheit. Du und deine Mutter, ihr seid vielleicht arm und ausgeschlossen, aber ihr habt euch. Deine Mutter liebt dich und sorgt für dich, so gut sie kann. Sie tut alles, damit ihr ein halbwegs erträgliches Leben führen könnt. Das ist es, worum diese Jungen dich beneiden. Sie mögen in größeren, schöneren Häusern wohnen, ihre Eltern fahren Autos und kaufen ständig Dinge für sie. Aber denkst du, sie würden dir die Brote und deinen Kuchen stehlen, wenn sie zu Hause dieselbe Aufmerksamkeit bekämen wie du? Es schert sich niemand darum, wann und ob sie heimkommen, ob sie gegessen haben oder wie sie sich fühlen. Diese Jungen müssen sich von ihrem eigenen Elend ablenken. Jeder Einzelne von ihnen hat Probleme, die ihn klein und angreifbar machen. Und sie sorgen dafür, dass es niemandem auffällt, indem sie dich noch mieser dastehen lassen.«

Es passte mir nicht, dass Nike Partei für diese Schläger ergriff. »Soll ich jetzt etwa Mitleid mit ihnen haben?«

»Nein. Du sollst nur verstehen, dass es allen Menschen auf irgendeine Weise schlecht geht. Die einen können besser damit umgehen, die anderen schlechter. Neid, Angst und Armut haben verschiedene Gesichter und eben nicht nur das, was du kennengelernt hast. Das ist wahrscheinlich auch der Grund, warum du deine Wut noch ganz gut im Griff hast. Du hast etwas, womit du deine Leere wieder auffüllen kannst. Viele Menschen haben das nicht.«

Ich brauchte Zeit, um darüber nachzudenken. Es war mir unmöglich, ihr einfach zuzustimmen.

»Du kannst es jetzt noch nicht zugeben«, stellte Nike fest. Sie lächelte mich an wie ein kleines

Mädchen, dem es zum ersten Mal gelungen war, seine Schuhe zuzubinden

»Wie alt bist du eigentlich?«, fragte ich einer Eingebung folgend.

Nike grinste schelmisch. »Was denkst du denn, wie alt ich bin?«

Ich betrachtete sie und war überrascht. Vielleicht lag es nur an dem Licht hier, doch ihr Gesicht befand sich auf Augenhöhe. Als wir am Tag zuvor nebeneinander am Zaun saßen, hatte ich noch zu ihr hinabblicken müssen.

»Ich weiß es nicht, aber langsam glaube ich, du bist ein bisschen wie Oheim. Du gibst vor etwas oder jemand zu ein, aber eigentlich bist du was ganz anderes.«

»Tun das denn nicht alle auf irgendeine Weise? Und warum ist mein Alter überhaupt so wichtig? Versuche mich doch einfach so zu akzeptieren, wie ich bin.«

Mit diesen Worten stand sie auf und hielt mir auffordernd die Hand hin. »Komm. Ich denke, das reicht für deinen ersten Ausflug in den Wald.«

Oheim und die anderen Esel standen bereits am Waldrand, als wir zwischen den Bäumen hervortraten, und blickten uns erwartungsvoll entgegen. Sie beobachteten jeden unserer Schritte. Oheim sah Nike tadelnd an, doch sie ignorierte seinen stummen Vorwurf. Als der alte Esel jedoch mich fixierte, zog sich alles in mir zusammen.

»Wo war er?«, dröhnte seine Stimme durch meinen Kopf.

»Im Wald«, antwortete ich etwas stockend.

Jetzt richtete Nike das Wort an den alten Esel. »Er hat nichts gesehen, was er nicht sehen durfte.

»Wir wollen wissen, wo er war«, erklangen jetzt weitere Stimmen in meinem Kopf. Sie wirkten bedrohlich.

»Da war eine Lichtung und am Boden war Moos und drum herum standen Bäume«, stammelte ich hilflos.

»Ich habe ihm nur gezeigt, dass der Wald kein Ort zum fürchten ist«, sprang Nike mir bei.

»Er darf dem kleinen Mädchen nicht alles glauben. Der Wald kann ihm zum Verhängnis werden, wenn er an den falschen Ort gerät.«

Jetzt hatte wieder nur Oheim gesprochen und dabei etwas versöhnlicher geklungen. Doch seine Warnung war eindeutig. Aus irgendeinem Grund missfiel es dem Oberhaupt der Esel, dass Nike mich in den Wald geführt hatte. Neben mir zuckte Nike leicht zusammen. Erschrocken sah ich zu ihr hinüber. Doch sie winkte beschwichtigend ab und zog mich wortlos in Richtung unseres Gartenzaunes, weg von ihren Eseln.

Ich hatte bereits eine Hand auf das bemooste Holz gelegt, um mich darüber zu schwingen, als ich noch einmal innehielt. »Warum war Oheim so wütend? Was ist im Wald? Ist es das, was sie bewachen?«

»Ich kann es dir nicht sagen. Vielleicht wirst du es bald erfahren, vielleicht aber auch nie«, sie seufzte. »Geh jetzt besser heim, deine Mutter braucht dich.«

Überrascht starrte ich sie an, doch Nike winkte nur zum Abschied. »Bis morgen«, sagte sie und ging zurück zu der Hütte und den Eseln.

Als ich den Flur betrat, hörte ich Musik aus der Küche. Meine Mutter stellte das Radio nur an, wenn sie nicht zur Arbeit ging und abends zu Hause blieb. Freudig überrascht eilte ich durch den Flur und hielt auf der Türschwelle inne. Meine Mutter saß am Tisch, schälte Kartoffeln und summte leise zur Musik. Sie hatte mich noch nicht bemerkt und so verharrte ich im Türrahmen und beobachtete sie einen Moment lang. Sie sah friedlich aus, wie sie dort gedankenverloren vor sich hinsummte.

Von einer Welle echter Liebe getragen, lief ich zu ihr und stürzte mich in ihre Arme. In diesem Moment war ich wieder ein kleiner Junge, ein glückliches Kind. Dann löste ich mich aus der Umarmung und sah ihr ins Gesicht. Ich machte einen Satz zurück und ballte die Fäuste.

»Was ist passiert? Wer hat dir das angetan?«, schrie ich meine Mutter an. Ihre linke Gesichtshälfte war ein einziger Bluterguss, das Auge vollständig zugeschwollen und der Mund wirkte irgendwie schief.

»Es ist nichts«, versuchte sie, mich zu beruhigen. »Es ist bei der Arbeit passiert und nicht weiter schlimm. Ich werde nur einige Tage nicht arbeiten können, bis es verheilt ist.«

»Hast du ihn angezeigt?«, fragte ich geradeheraus.

»Was meinst du?«, fragte meine Mutter gespielt verständnislos, fügte jedoch kleinlaut hinzu: »Nein, natürlich nicht.«

»Was heißt ›natürlich nicht‹?«, fuhr ich sie ungehalten an. Das Blut pochte mir heiß in den Schläfen und ließ mich noch lauter schreien. »Niemand darf dich so schlagen! Es ist verboten und es gehört angezeigt!«

»Hör mir zu! Wenn ich ihn anzeige, verliere ich meine Arbeit und ich werde hier keine andere finden. Und selbst wenn ich es täte, würde mir ohnehin niemand glauben. Mein Wort stünde gegen seines und du weißt ganz genau, wem man mehr Glauben schenkt. Ich kann nichts gegen ihn ausrichten.«

Ihre Nüchternheit holte mich zurück in die Realität. Wer auch immer ihr das angetan hatte, musste über ausreichend Geld oder Einfluss verfügen, um unser kleines Leben zu zerstören. Es war schlimm, meine Mutter, die wert darauf legte, den Kopf immer oben zu tragen, derart erniedrigt zu sehen. Noch nie war mir unser Elend so bewusst geworden wie an diesem Tag. Erschöpft sank ich auf einen der schlichten Küchenstühle und sah meine Mutter an.

»Wirst du wieder zu ihm gehen?«, fragte ich matt.

Für einen Wimpernschlag konnte ich Angst in ihrer Miene erkennen. Ein Ausdruck, der mir in ihrem Gesicht fremd vorkam. »Ich muss«, flüsterte sie.

Klein und verloren saßen wir am Küchentisch. Ich wollte meiner Mutter helfen. Der Frau, die stets für mich da war und alles für mich und unser kleines, bescheidenes Leben gab. Zugleich wollte ich zum ersten Mal wissen, zu wem meine Mutter ging, wenn sie abends das Haus verließ. War es immer die gleiche Person oder besuchte sie mehrere? Mir fiel der Streit im Krämerladen ein und das, was Maria angedeutet hatte. Obwohl mir die Frage auf der Zunge brannte, traute ich mich nicht, sie auszusprechen.

Ich hatte mich immer bemüht, nur meine fürsorgliche Mutter in ihr zu sehen. Ich war stolz auf sie und darauf, wie wir die letzten Jahre gemeinsam bewältigt hatten. Deshalb war es auch nie wichtig gewesen, zu wem sie ging oder was sie dort tat. Doch jetzt ahnte ich, dass meine Mutter viel mehr zu ertragen hatte als die Verachtung der Leute.

Während wir beide schweigend dasaßen, kam mir ein absurder, kindischer Gedanke. Aber streng genommen war ich ja auch noch ein Kind. »Und wenn wir einfach weggehen? Ganz weit weg. Irgendwohin, wo uns niemand kennt?«

Meine Mutter lächelte. Es war ein dünnes Lächeln und es sah ein wenig gequält aus in ihrem verquollenen Gesicht, doch es gab mir den Mut, fortzufahren.

»Und Nike nehmen wir auch mit. Sie ist so einsam und ich mag sie gern.«

»Nike?«, fragte meine Mutter. »Heißt so das Eselmädchen?«

»Ja, aber nenn sie bitte nicht so.«

Mir fiel auf, dass ich diesen Namen nicht mochte. Ich wusste nicht, warum ich plötzlich so empfand. Irgendwie zwang mich dieser Name, an Oheims finsteren Blick zu denken und das Unbehagen, das er in mir auslöste.

»Warst du nach der Schule wieder bei ihr? Hat sie sich eigentlich über den Kuchen gefreut?«, fuhr meine Mutter fort.

»Ja«, log ich. »Sie hat sich sehr gefreut.«

Ich brachte es nicht übers Herz, meiner Mutter die Wahrheit zu sagen. Sie hatte bereits genug Sorgen und in ihren Augen erkannte ich, dass sie es ohnehin wusste.

»Vielleicht möchte Nike gar nicht mit uns fortgehen«, bemerkte sie, anstatt weiter nachzufragen.

»Solange sie ihre Esel mitnehmen kann, ist sie bestimmt einverstanden«, behauptete ich leichtfertig. Doch als ich es aussprach, wurde mir klar, dass Nike nie besonders liebevoll von den Eseln sprach.

»Und wo sollen wir deiner Meinung nach hingehen?« Es klang, als habe meine Mutter Gefallen an meiner Idee gefunden.

»Das ist doch ganz gleich. Irgendwohin, wo es uns gefällt. Wir brauchen doch nicht viel«, antwortete ich enthusiastisch.

Von meinem Übermut angesteckt, lachte meine Mutter laut auf. Das tat sie selten, aber dafür war es das ehrlichste Lachen, das ich kannte.

»Das stimmt, aber wir haben dieses Haus. Und ich weiß nicht, ob ich anderswo Arbeit bekomme. Und es wird schwierig für uns werden, eine Wohnung zu finden. Du weißt doch noch, was passiert ist, als dein Vater weggegangen ist. Die meisten Menschen wollen eine unverheiratete Frau mit einem Kind nicht in ihrer Nähe haben. Sie wollen nicht einmal daran erinnert werden, dass es uns gibt. Wir passen nicht in ihr Bild«, gab sie zu bedenken.

Kurz wallte die Wut in mir auf. Wut auf die Menschen, die uns verachteten, weil uns das Leben immer wieder Steine in den Weg legte. Es war so ungerecht, dass meine Mutter alles ertragen musste. Mein Vater war es doch gewesen, der uns allein gelassen hatte. Manchmal fragte ich mich, ob es ihm vielleicht auch so schlecht ging, wo immer er jetzt auch lebte. Aber meine Phantasie schuf ein Bild von ihm in einem großen Haus mit Dienstboten und einem blitzblank polierten Auto. Ich war kurz davor, meinen ganzen Hass auf ihn zu konzentrieren, aber der Gedanke an Nikes Worte rettete mich. Ich musste die Leere füllen. Am besten, bevor sich die Wut überhaupt ausbreitete.

Meine Mutter hatte mit ihrem Einwand zwar recht, doch ich merkte, dass sich darunter etwas regte; sie dachte ernsthaft über meinen Vorschlag nach. Von diesem Gedanken beflügelt, redete ich weiter auf sie ein. »Hier denken die Leute so, aber vielleicht ist es anderswo ganz anders.«

»Habe ich dir nicht beigebracht, dass es das Land, in dem Milch und Honig fließen, nicht gibt, genau wie es niemals eine eierlegende Wollmilchsau geben wird?«, entgegnete sie lächelnd.

»Das hast du, aber du hast auch noch nie danach gesucht«, sagte ich mit der Sicherheit des Siegers in der Stimme.

Sie dachte einen Augenblick nach, bevor sie weitersprach. »Vielleicht hast du recht. Wir sollten wirklich von hier verschwinden.«

»Dann muss ich morgen nicht zur Schule?«, fragte ich hoffnungsvoll.

»Doch!«, rief sie hastig aus. »Es muss alles so sein wie immer. Damit niemand Verdacht schöpft. Und du darfst keinem davon erzählen. Glaube mir, er ist unberechenbar. Ich weiß nicht, was er tun würde, wenn er von unserem Plan erführe.«

Da war sie wieder, die Neugierde. *Er* musste entweder allwissend sein oder zu meinem direkten

Umfeld gehören. Wem sollte ich denn schon von unserem Vorhaben erzählen? Die einzige Gefahr bestand darin, dass ich in der Schule eine unbedachte Bemerkung machte. Aber dort achtete ohnehin niemand auf mich. Ich hatte keine Freunde.

»Und was ist mit Nike?«, fragte ich.

»Ihr darfst du es natürlich sagen. Du musst sie doch fragen, ob sie mit uns kommen möchte.«

Als meine Mutter jetzt lächelte, wirkte sie um einige Jahre jünger. Trotz ihrer entstellten Gesichtshälfte. Ich strahlte zurück.

Als ich am nächsten Morgen zur Schule ging, war ich aufgeregt und unruhig. Meine Mutter hatte mir versprochen, alles Nötige zusammenzupacken. Sobald es dunkel wurde, wollten wir uns auf den Weg machen. Wenn möglich, sollte niemand von unserem Aufbruch erfahren. Es reichte, wenn unser Weggang nach einigen Tagen auffiel.

Also quälte ich mich unkonzentriert durch den Unterricht, der sich an diesem Tag besonders lang hinzog. Meine Peiniger ließen mich auch heute in Ruhe. Es war, als würden sie mich überhaupt nicht wahrnehmen. Vielleicht lag es daran, dass ihr Anführer dem Unterricht fernblieb. Der Lehrer war wie gewohnt zum Unterricht erschienen, ohne auch nur ein Wort über den Vorfall oder den Verbleib des Mitschülers zu verlieren.

In der Pause belauschte ich das Getuschel einiger Mitschüler. »Ich wette, die haben ihn wirklich in ein Internat geschickt«, flüsterte ein pausbäckiger Junge, der mit seinen zwei Freunden in einer Ecke des Pausenhofes stand. Er ging ebenfalls in meine Klasse und hieß Olaf.

»Ach was, als ob der Bürgermeister seinen eignen Sohn wegschicken würde. Mein Vater sagt, dass er ständig damit prahlt, was für gute Noten sein Sohn hat«, entgegnete ein anderer mit dem Namen Willi Winkelfuß.

Theo, ein rundlicher Junge, schnaubte verächtlich. »Dabei vergisst er nur zu erwähnen, dass er die nicht selbst schreibt.«

Ich hatte schon häufiger beobachtet, wie Theo sich gegen den obersten Folterknecht gewehrt hatte.

»Ja, eben. Wenn er in ein Internat geht, könnte sein Vater das doch viel leichter behaupten. Hier bei uns weiß doch jeder, dass seine Eltern die Lehrer bestechen«, erwiderte Olaf.

»Vor allem seine Mutter!«, kam es von Willi.

Die drei Freunde brachen in schallendes Gelächter aus.

»Hör doch auf, Willi! Du bist doch einfach nur froh, wenn du deine Ruhe vor ihm hast. Aber bei deinem Namen kannst du sicher sein, dass bald die nächsten kommen, die Witze über dich machen«, sagte Theo immer noch kichernd.

»Was kann ich denn für meinen Namen? Außerdem musst du dir doch mindestens genauso viel gefallen lassen.«

»Ich lasse mir gar nichts gefallen, das weißt du genau! Und du solltest das auch nicht tun. Wir sind zu dritt und damit mindestens genau so stark wie alle anderen.« Theo war jetzt wieder ganz ernst.

Das schrille Läuten der Glocke beendete leider das Gespräch der drei Jungen. Ich hätte zu gerne erfahren, was seine Freunde von Theos kleiner Rede hielten. Ich bewunderte ihn und vermutete, dass auch er etwas hatte, das seine Wut bändigte.

Zugleich war ich erstaunt, dass der Klatsch im Dorf nicht einmal vor den Kindern verborgen blieb. Aus irgendeinem Grund hatte ich geglaubt, derartige Dinge würden nur an Stammtischen und in Nähzirkeln besprochen, jedoch nicht zu Hause am Mittagstisch. Natürlich würde ich mich auch freuen, wenn dieser miese Schläger in Zukunft weit weg auf ein Internat ginge, aber hinter den Worten von Willi und Olaf verbarg sich eine Gehässigkeit, die über bloße Erleichterung hinausging.

Als ich den Unterricht endlich hinter mich gebracht hatte, rannte ich den ganzen Weg zu Nike, sodass ich sie ganz außer Atem erreichte. Sie erwartete mich bereits am Zaun.

»Schnell, komm mit«, wies sie mich mit ernster Miene an und zog mich am Arm.

»Nike, was ist los?«

»Ich muss in Ruhe mit dir reden.«

Ihr Tonfall überraschte mich. In ihrer Hütte angekommen, verriegelte sie die Tür sorgfältig und wies mich an, Platz zu nehmen. Doch ich blieb ungerührt mitten im Raum stehen. Ihr Verhalten erweckte mein Widerwillen. Es störte mich, dass sie mich so herumkommandierte. Das war ein ganz neues Gefühl für mich. »Nike, was ist hier los? Was soll das?«

»Wir müssen etwas unternehmen. Es wird immer schlimmer und wir sind hier nicht mehr sicher.«

»Aber was denn?«, fragte ich irritiert. Bisher hatte alles, was Nike mir erzählt hatte, so endgültig geklungen. Es war nie die Rede davon gewesen, etwas dagegen tun zu können.

In diesem Moment schlug etwas gegen die Tür und Oheims Stimme fegte durch meine Gedanken. »Er kann nichts tun! Er darf nichts erfahren!«

So wütend war der Esel bisher noch nie gewesen. Ein weiteres hölzernes »Tock« untermalte seine Worte. Wahrscheinlich hatte er mit dem Vorderhuf gegen die Hüttentür getreten. Zum ersten Mal erlebte ich, dass Nike ihm widersprach.

»Oheim, er kann etwas tun. Er ist ihr Sohn, er kann für uns nachsehen. Es ist unsere letzte Hoffnung!« Ein flehender Unterton lag in ihrer Stimme.

»Er darf kein Wissender sein. Ich habe in sein Herz gesehen. Es ist schwach und voller Angst. Er kann uns nicht helfen.« Die Tritte gegen die Tür wurden lauter und mehr Hufe stimmten mit ein.

»Dennoch ist seine Hilfe besser als keine. Wenn wir nichts tun, ist doch ohnehin bald alles vorbei«, versuchte Nike es erneut.

»Nicht für den anderen Ort. Sie darf ihm nichts sagen.« Oheims Worte klangen endgültig und ich hatte allmählich die Nase voll von diesem ganzen Gerede. Ich hatte keine Lust, mir meine Freude von Nike und ihren Wichtigtuereseln nehmen zu lassen. Außerdem ärgerte es mich, dass alle über mich redeten, als sei ich gar nicht anwesend.

Unbemerkt, beinahe sanft, war die Wut über mich gekommen und ließ mich lauter sprechen als beabsichtigt. »Kann mir mal einer erklären, was hier eigentlich los ist? Mir ist völlig egal, was ich tun kann oder nicht. Meine Mutter und ich gehen heute noch fort und ich sollte dich eigentlich fragen, ob du mit uns kommen möchtest. Aber anscheinend streitest du lieber mit deinen Eseln über das Ende der Welt!«

»Ich fürchte, dafür ist es zu spät.«

Ich wollte gerade zu einer abfälligen Erwiderung anheben, dass sie jetzt wieder davon anfing, wie schlimm alles werden würde, als ich verstand, was sie meinte. »Was ist geschehen?«

Nike antwortete nicht. Die Wut blähte sich auf.

»Was hat Oheim gesehen? Ist ihr etwas zugestoßen?«, schrie ich sie an.

Nike antwortete immer noch nicht, daher wandte ich mich der Tür zu. »Oheim! Sag mir, was du gesehen hast!«

Ich erhielt keine Antwort. Eilig ging ich zur Tür und öffnete mit fahrigen Fingern die Riegel. Nike redete auf mich ein, doch ich nahm überhaupt nicht wahr, was sie sagte. Als die Tür endlich aufschwang, waren die Esel nirgends zu sehen. Ich rannte hinüber zu unserem Gartenzaun.

»Sie werden noch nicht fort sein!«, rief Nike hinter mir her, doch ich ignorierte sie.

Es war mir doch egal, was ihre blöden Esel taten. Meinetwegen konnten sie sich in Nichts auflösen. Ich wollte nur wissen, dass es meiner Mutter gut ging.

Eilig kletterte ich über den Zaun, verfing mich an einer der Holzlatten und landete mit halb zerrissener Hose auf der Wiese. Ich rappelte mich auf und rannte um unser kleines Haus herum zur Vordertür. Sie stand offen.

Zögerlich blickte ich in den kleinen Hausflur. Die Kommode bei der Garderobe lag zertrümmert auf dem Boden inmitten ihres weit verstreuten Inhaltes. Mein Verstand weigerte sich, die richtigen Schlüsse aus dem Anblick zu ziehen. Ich bahnte mir einen Weg zur Küche. Dort angekommen, verharrte ich wie schon am Abend zuvor im Türrahmen, nur dass sich mir diesmal ein ganz anderer Anblick bot.

Die aufgerissenen Schranktüren ragten in den Raum und der Fußboden war bedeckt mit Scherben, Trümmern und zertretenen Lebensmitteln. Meine Aufmerksamkeit galt nur einem Gegenstand, der hier fehl am Platz war. Es war ein Damenschuh mit flachem Absatz. Ich fand das Gegenstück zwischen Küchentisch und Hintertür.

Meine Mutter lag bäuchlings auf dem Boden, eine Hand nach der Hintertür ausgestreckt. Sie hatte offensichtlich versucht zu fliehen, aber jemand hatte ihr den Schädel eingeschlagen. Ihr Haar, das sonst in weichen blonden Wellen über ihre Schultern fiel, wirkte jetzt stumpf und grau und war von Blut verklebt.

Ich sank neben ihr auf die Knie. »Mama, steh auf. Wir müssen fort«, flüsterte ich.

Sie antwortete nicht. Natürlich nicht.

Ich erinnere mich nicht mehr an den Anblick ihrer starren Augen. Ich beschloss in diesem Augenblick, sie so in Erinnerung zu behalten, wie ich sie am Abend zuvor am Küchentisch vorgefunden hatte. Bevor ich ihr ins Gesicht schaute. Der Anblick des verlorenen Schuhs inmitten der zertrümmerten Küche brannte sich jedoch auf ewig in mein Gedächtnis.

Plötzlich hörte ich über mir ein lautes Poltern, dem ein unflätiger Fluch folgte.

»Dieser blöde Kasten ist verdammt schwer«, beschwerte sich jemand. »Warum willst du ihn unbedingt mitnehmen? Du hast doch selbst gesehen, dass es hier nichts zu holen gibt. Und in diesem Ding wird sie sicherlich auch keine Schätze versteckt haben.«

»Ich will wenigstens mal nachschauen. Lass uns jetzt verschwinden.«

»Und was ist mit dem Jungen?«

»Von dem war nie die Rede. Was soll er schon ausrichten? Er ist ein kleiner Bastard. Niemand hört ihm zu.«

Ich hörte ein zustimmendes Brummen, gefolgt von schweren Schritten, die die Treppe herunterkamen.

Das musste Nike gemeint haben, als sie sagte, sie werden noch nicht fort sein. Sie hatte gar nicht von ihren Eseln gesprochen. Ich saß stocksteif neben der Leiche meiner Mutter.

»Was ist mit der Toten? Sollen wir die mitnehmen?«

Das Blut stieg mir in den Kopf und ich wagte kaum zu atmen, während ich auf die Antwort lauschte. Die Schritte auf der Treppe hielten inne.

»Hat er nichts von gesagt und ich werd mich hüten, eine tote Hure durch die Gegend zu fahren. Soll er seinen Dreck doch selbst wegmachen.«

Ein Grummeln, das nach Zustimmung klang, ließ mich wieder aufatmen.

»Waren eindeutig zu viele in letzter Zeit. Mir stinken diese Aufträge gewaltig. Am Ende müssen wir unseren Kopf dafür hinhalten.«

»Ich bin auch nicht glücklich darüber, aber was willste machen? Wenn du dich weigerst, biste deinen Kopf gleich los.«

»Ach was, er ist vielleicht ein Bürgermeister, aber nicht Gott. Wenn so eine hier verschwindet, fragt keiner nach, aber mich würde meine Alte schon irgendwann vermissen. Spätestens dann, wenn ich ihr keine hübschen Andenken von diesen Ausflügen hier mehr mitbringe.«

Der andere lachte hämisch. »Da wird sie dieses Mal aber sicher enttäuscht sein, wenn du ihr nur dieses olle Ding mitbringst.«

»Ach, das Geld nimmt sie auch gern. Zahlen tut er ja immerhin anständig.«

»Das ist aber auch alles.«

Laute Schritte verrieten, dass die Männer ihren Abstieg fortsetzten.

»Ich versteh einfach nicht, was er mit den Frauen anstellt, dass die alle aus dem Weg geräumt werden müssen.«

»Haste nicht das Gesicht von der hier gesehen? Möchte wetten, dass er das war. Nach außen tut er ganz wichtig und elegant, aber hintenrum verprügelt er Weiber.«

Ein dumpfes Geräusch ließ vermuten, dass die Männer den Fuß der Treppe erreicht und die Truhe abgesetzt hatten. Ich kannte die Truhe. Sie hatte in Mutters Schlafzimmer gestanden. Ich wusste nicht, was darin war. Selbst, als ich einmal meiner Neugierde nachgegeben hatte, war sie so fest verschlossen gewesen, dass ich sie nicht hatte öffnen können.

Nachdem die Männer einen Moment verschnauft hatten, verließen sie endlich unter weiterem Gepolter und unzähligen Flüchen das Haus.

Ich blieb in dem Trümmerfeld, das einst unsere gemütliche Küche war, sitzen. Wozu sollte ich mich auch bewegen? Das Leben, die Zeit und die Welt schienen hier zu enden, jetzt, wo Mutter tot war. Trotz der Taubheit, die sich über meinen Geist und meinen Körper ergoss, drängten sich Einzelheiten aus dem Gespräch der Männer in mein Bewusstsein.

Bürgermeister.
Zu viele in letzter Zeit.
Bezahlung.

Jetzt wusste ich, wem meine Mutter ausgeliefert gewesen war. Plötzlich verstand ich auch, worauf Maria in dem Krämerladen angespielt hatte. Agnes war die Frau des Bürgermeisters, deshalb hatte sie auch so wütend reagiert. Warum war mir das nicht gleich klar gewesen? Jetzt, da ich dieses eine Puzzleteil gefunden hatte, sah ich das Bild klar und deutlich vor mir. Mein persönlicher Folterknecht war der Sohn des Bürgermeisters, das hatte ich bereits gewusst. Alle Fäden liefen zu diesem Mann, der über dieses Dorf herrschte wie ein Despot. Unwillkürlich entfuhr mir ein Lachen. Es klang fremd in meinen eigenen Ohren. Als käme es von einem Irren.

Was nutzte mir dieses Wissen jetzt noch? Sie war tot. Und mir geisterte die Frage im Kopf herum, warum es ausgerechnet heute hatte geschehen müssen. Wir waren so kurz davor gewesen, glücklich zu werden. Was hatte dieser Schwachkopf schon zu befürchten gehabt? Meine Mutter hätte doch geschwiegen. Beinahe wünschte ich mir, er hätte sie gleich umgebracht, anstatt sie nur zu schlagen. Vielleicht wäre er dann für seine Tat zur Rechenschaft gezogen worden. — Nein, wäre er nicht. Der gehörte zu den Menschen, die sich immer aus allem herauswanden.

»Komm schnell! Wir müssen weg von hier. Es werden mehr Leute kommen und sie holen.« Nikes Stimme drang irgendwann durch meinen Wahnsinn und ließ mich wie elektrisiert aufspringen.

Ich schüttelte langsam den Kopf. Nike konnte das eigentlich nicht sehen, sprach jedoch weiter, als würde sie meine Weigerung erahnen.

»Du kannst nichts mehr für sie tun, und mitnehmen können wir sie auch nicht. Komm jetzt bitte mit mir.«

Mein Blick wanderte zu dem Haken neben der Tür, an dem gewöhnlich der Schlüssel für die Hintertür hing. Er war leer. Ich tastete nach der Hand meiner Mutter, fand dort den Schlüssel und einen kleinen Lederbeutel, den ich ohne bestimmte Absicht an mich nahm.

»Jetzt mach schon!«, drängte Nike erneut.

Ich eilte zur Tür und öffnete sie. Die Luft, die mir entgegenschlug, war überraschend kühl. Ich erkannte Nikes schmale Gestalt am Gartenzaun, wo sie in der heraufziehenden Dämmerung ungeduldig von einem Fuß auf den anderen trat. Ich stand regungslos auf der Türschwelle und starrte sie vorwurfsvoll an. In diesem Augenblick überkam mich der Zorn ohne jede Vorwarnung und erstickte meinen letzten Funken Verstand. Ich konzentrierte allen Groll in mir auf das Eselmädchen, das das Unglück scheinbar erst in mein Leben gebracht hatte.

»Bitte«, sagte sie sanft, aber eindringlich, »wir haben keine Zeit mehr.«

»Du wusstest es«, flüsterte ich und blickte zurück zu meiner Mutter. Abscheu lag in meiner Stimme. »Du wusstest es und hast nichts gesagt. Warum?« Ich wunderte mich über die Ruhe, mit der ich die Frage aussprach.

»Ich werde dir alles erklären, glaub mir. Aber wir müssen jetzt hier weg!«

Ich ignorierte ihr Flehen und konzentrierte mich auf meinen Schmerz. Ich ließ ihn meine Worte wählen und vergaß, was Nike mir in den letzten Tagen erklärt hatte.

»Du bist schuld! Du hättest es verhindern können! Und jetzt stehst du da am Zaun und verlangst, dass ich mit dir weglaufe. Jetzt ist es doch zu spät! Denkst du, es interessiert mich, was hier passiert? Mir ist es egal. Meinetwegen sollen sie mich auch holen und mir den Schädel einschlagen wie meiner Mutter. Ich will dich und deine verdammten Esel nie wieder sehen!« Ich brüllte meinen Schmerz, den Frust und die Wut hinaus. Tränen flossen in heißen Strömen über meine Wangen und ein glänzender Schleier legte sich über die Welt.

Sobald ich die Worte ausgesprochen hatte, bereute ich sie. Ich war mir nicht sicher, ob Nike wirklich Schuld am Tod meiner Mutter trug. Was hätte sie schon gegen diesen Mann und seine Leute ausrichten können? Doch sie war da und verlangte etwas von mir, das ich nicht verstand. So schnell, wie sie gekommen war, verschwand die Wut wieder und hinterließ diese Leere in mir, die es mir unmöglich machte, eine Entscheidung zu treffen. Doch diesmal war da nichts mehr, was sie hätte ausfüllen können. Leise schluchzend stand ich auf der Türschwelle zum Garten, bis Stimmen von der Haustür zu vernehmen waren.

»Diese Idioten haben die Haustür offen gelassen!«, donnerte eine wütende Frauenstimme durch den Flur. »Warum haben sie nicht gleich ein Schild aufgestellt mit den Worten ›Zur Leiche bitte hier entlang‹?«

»Reg dich nicht auf. Die Jungs waren wahrscheinlich froh, abhauen zu können. Ich will echt nicht mit denen tauschen. Außerdem kümmert es doch keinen, was hier geschieht. Niemand schenkt der Frau und ihrem Kleinen Beachtung«, wandte eine zweite Stimme ein, die wie ein älterer Mann klang. »Jetzt komm«, fügte er hinzu. »Sie sagten, sie liegt in der Küche.«

Eine Autotür wurde zugeschlagen und eine dritte Stimme näherte sich dem Hausflur.

»Warum so eilig? Es dämmert doch erst. Sollten wir sie nicht besser im Dunkeln raustragen? Was, wenn uns jemand sieht?« Diese Stimme schien einem jüngeren Mann zu gehören.

»Vergiss nicht, wir müssen uns auch noch um den Jungen kümmern«, wandte der Ältere ein.

Jemand schnalzte abfällig mit der Zunge. »Was er nur mit dem hat? Wir sollten ihm einfach nur ein bisschen drohen. Ihm nahelegen, sich so weit wie möglich davonzumachen und nie wieder zurückzukehren. Der findet doch nie raus, ob der Junge wirklich tot ist. Er fragt ja nicht mal, was wir mit den Leichen machen. Außerdem ist das nicht unsere Aufgabe. Ich habe niemals zugestimmt, jemanden umzubringen. Und schon gar nicht einen kleinen Jungen.« Der Ton des Jüngeren verriet, dass ihm sein Auftrag nicht gefiel.

»Nein!«, entgegnete die Frau barsch. Unterstrichen wurden ihre Worte vom Geräusch der Haustür, die ins Schloss fiel. »Die Anweisungen sind eindeutig. Der Junge wird beseitigt, genau wie seine Mutter. Mir ist auch nicht wohl dabei und es stinkt mir gewaltig, dass er sich so kurzfristig umentschieden hat. Aber es ist nicht unsere Aufgabe, seine Beweggründe zu hinterfragen.«

Der Ältere lachte freudlos. »Beweggründe«, wiederholte er abfällig. »Ich bezweifle, dass er die überhaupt noch braucht. Er kann tun und lassen, was er will. Er hat uns doch alle irgendwie in der Hand! Und wenn es nur das Geld ist, das uns überzeugt.«

Die anderen antworteten nicht.

Schritte näherten sich der Küche. Nike stand immer noch am Zaun und gestikulierte wild. Offensichtlich wollte sie, dass ich zu ihr kam. Als die Frau die verwüstete Küche betrat, stand ich immer noch wie versteinert auf der Türschwelle.

Sie hatte blondes, schulterlanges Haar, weiche Gesichtszüge und himmelblaue Augen. Wie eine der Prinzessinnen in dem Märchenbuch, aus dem meine Mutter mir früher vorgelesen hatte. »Solche Prinzessinnen gibt es nicht«, hatte sie immer gesagt. Und jetzt stand genau so eine Prinzessin vor mir. Sie sah überrascht aus und im ersten Augenblick schien es, als wisse sie nicht, was sie jetzt tun sollte.

Es waren nur wenige Sekunden, in denen wir dort standen und uns gegenseitig musterten, doch es kam mir vor wie eine Ewigkeit. Ich wäre wahrscheinlich einfach stehen geblieben und hätte darauf gewartet, dass man mir auch den Schädel einschlägt oder mich erschießt. Doch dann hob die Frau ihre Hände, als wollte sie mir beweisen, dass sie nichts Böses im Sinn hatte, und sagte mit honigsüßer Stimme: »Alles wird gut. Wir werden dir nichts tun. Wir wollen dir helfen.« Sie streckte mir einladend eine Hand entgegen. »Komm zu mir. Du kannst mir vertrauen.«

Alles wird gut. Du kannst mir vertrauen.

Schmerzhaft hallten die Worte in meinem Kopf und erinnerten mich daran, dass die einzige Person, der ich bedingungslos vertraut hatte, mit blutigem Schädel neben mir lag. Und eine weitere Person, der ich bis heute etwas Ähnliches wie Vertrauen entgegengebracht hatte, nur wenige Meter von mir entfernt auf mich wartete.

Innerhalb eines Wimpernschlags wandte ich mich um und stürmte durch die offene Hintertür, über den taunassen Rasen auf den Gartenzaun zu. Ich schwang mich gerade hinüber auf die angrenzende Wiese, als meine drei Verfolger die Hintertür erreichten.

»Da ist er!«, rief der Ältere. »Warum hast du ihn nicht einfach erschossen?«, fragte er aufgebracht.

»Ich hatte gehofft, ihn irgendwie unauffälliger erledigen zu können«, antwortete die Frau.

Ohne ihnen weitere Beachtung zu schenken, rannte Nike los und ich folgte ihr, so schnell ich konnte. »Schnell, zum Wald! Vielleicht wagen sie es nicht, uns dorthin zu folgen«, rief sie mir über die Schulter zu.

»Warum können sie überhaupt auf deine Wiese? Hast du sie etwa eingeladen?«, fragte ich. Es fiel mir schwer, meinen Ärger zu überwinden. Ich konnte ihr nicht verzeihen, dass sie mir den Tod meiner Mutter hatte verschweigen wollen.

»Merkst du denn gar nichts?«, blaffte sie mich atemlos an. »Oheim und die anderen sind fort. Es gibt keinen Schutz mehr für uns.«

»Aber warum?« Ich konnte mir nicht vorstellen, dass die Esel nach so vielen Jahren ihre Rolle als Wächter einfach aufgaben.

»Es geht zu Ende. Bald gibt es hier nichts mehr, das beschützt werden muss.« Sie klang wütend, obwohl ich nicht ganz verstand, warum. Immerhin war ich es gewesen, der seine Mutter mit eingeschlagenem Schädel vorgefunden hatte.

»Warum?«, fragte ich erneut.

»Denkst du, jetzt ist der richtige Zeitpunkt, dir das zu erklären? Sobald wir den Wald erreichen und dort in Sicherheit sind, werde ich dir alles von Anfang an erzählen.«

Ich blickte mich nach unseren Verfolgern um und stellte fest, dass der Abstand zu ihnen größer war, als ich vermutet hatte. Außerdem bemerkte ich, dass uns nur die Frau und der alte Mann folgten. Der jüngere war wohl seiner Überzeugung gefolgt und lehnte es weiterhin ab, mich zu töten. Von neuem Mut erfasst, blickte ich wieder nach vorn und setzte all meine Kraft daran, den Waldrand zu erreichen. Ganz gleich, ob er uns tatsächlich den erhofften Schutz bot oder nicht. Tat er es nicht, würde meine Geschichte hier ein schnelles Ende finden und ich konnte nicht behaupten, dem besonders abgeneigt zu sein. Ich konnte die herbstliche Waldluft bereits riechen. Plötzlich fiel ein Schuss.

»Lauf einfach weiter!«, rief Nike mir zu, die einige Schritte vor mir war. Sie musste meinen Reflex, stehen zu bleiben, erahnt haben. Ich setzte zu einem Sprint an und passierte gleichauf mit Nike den Waldrand. Wir rannten noch einige Schritte in den Wald hinein, bis wir uns nach den Verfolgern umsahen.

Der Alte war stehen geblieben, um auf uns zu schießen und weigerte sich jetzt offensichtlich, uns weiterzuverfolgen. Die Frau redete wütend auf ihn ein und verlor kostbare Zeit, in der wir uns tiefer in die Schatten zurückzogen. Bald gab sie es auf, den Alten zu beschimpfen und stapfte allein auf den Waldrand zu. Sie trat zwischen die vordersten Bäume und blickte sich suchend um. Mit den Händen in die Hüften gestemmt, stand sie in der Abenddämmerung wie ein flügelloser Engel.

»Na gut«, sagte sie irgendwann. »Ich werde nicht Katz und Maus spielen. Du hast gewonnen. Aber solltest du dich jemals wieder aus dem Wald herauswagen oder in dieses Dorf zurückkehren, dann wirst du dir wünschen, ich hätte dir an Ort und Stelle den Hals umgedreht.«

Einige Augenblicke beobachteten wir regungslos, wie die Frau über die Wiese davonging. Gleichgültig nahm ich wahr, dass ich noch lebte, und fragte mich, ob ich das überhaupt wollte.

Nike riss mich aus meinen Gedanken. »Komm, wir müssen schnell zur Lichtung.«

Ohne meine Reaktion abzuwarten, ging sie los. Ich dachte jedoch nicht daran, ihr zu folgen. Die Selbstverständlichkeit, mit der sie annahm, ich käme ihr nach, ärgerte mich. Sie hatte mir immer noch keine Erklärung für ihr Verhalten oder die letzten Ereignisse geliefert. Und sie hatte eine, da war ich mir sicher. Ich dachte an ihre Worte auf unserer Flucht. Dass es zu Ende geht, hatte sie gesagt. Doch was? Ich hatte ihre kryptischen Andeutungen allmählich satt.

»Du schuldest mir einige Antworten«, rief ich ihr nach.

Die heraufziehende Dämmerung ließ die Schatten im Wald bereits lang und dunkel werden. Und so erkannte ich Nike nur als dunklen Schemen, der abrupt stehen blieb und sich zu mir umdrehte. »Was stehst du da noch herum? Wir haben keine Zeit mehr!«, drängte sie.

»Keine Zeit wofür?«

»Ich verspreche dir, dass ich dir alles erklären werde, aber wir müssen jetzt zur Lichtung.«

Es lag etwas in ihrer Stimme, das nicht zu ihr passte. Sie war nervös und klang beinahe ängstlich. Ihre Verzweiflung musste groß sein, wenn es ihr nicht mehr gelang, ihre sonst unumstößliche Ruhe zu bewahren.

Ich gab mir einen Ruck und folgte ihr, was hatte ich schon zu verlieren? Ich musste mir eingestehen, dass mein plötzlich aufkeimender Widerspruchsgeist jetzt nur wenig bezweckte. Meine Aussichten auf ein ruhiges oder gar erfolgreiches Leben waren für immer zerstört. Ich würde mich in diesem Dorf nicht mehr blicken lassen können und wie sollte ich ohne meine Mutter und ohne Geld anderswo neu anfangen können? Vermutlich steckte man mich früher oder später in irgendein Waisenhaus.

Bei dem Gedanken schnürte sich mir die Kehle zu und ich sah wieder das Blut verklebte Haar meiner Mutter vor meinem inneren Auge. Um nicht auf dem Waldboden zusammenzubrechen, dachte ich an meine Mutter, die mit gebeugtem Kopf am Küchentisch saß und Kartoffeln schälte. Als ich die aufsteigenden Tränen niedergekämpft hatte, zwang ich mich, meine Gedanken auf das Hier und Jetzt zu konzentrieren und alles, was meine Zukunftspläne betraf, auf später zu verschieben.

Ich war derart mit mir selbst beschäftigt, dass ich nicht bemerkte, wie Nike allmählich langsamer wurde. Erst als ich im Laufschritt gegen sie stieß, sah ich, dass wir die Lichtung erreicht hatten.

Es war die Lichtung, zu der Nike mich bereits vor zwei Tagen geführt hatte und ich wunderte mich, dass ich sie überhaupt wiedererkannte. Es sah alles so anders aus. Obwohl die Bäume hier einer Insel aus weichem Moos wichen und den Blick auf den Himmel freigaben, herrschte beinahe nächtliche Dunkelheit. Diesmal umschwirrten uns keine Insekten und ich fröstelte beim Anblick der blaugrauen Schatten.

Nike wies auf einen Baumstamm, der umgestürzt am Rande der Lichtung lag. »Setz dich bitte«, forderte sie mich auf. »Ich werde dir alles erklären. Ich wollte lediglich das Portal in Reichweite wissen.«

»Welches Portal?«, fragte ich und blickte mich suchend um.

Nike lächelte. »Du kannst es nicht sehen. Es ist kein Portal im eigentlichen Sinne. Also, es gibt keine Tür oder einen magischen Spiegel oder so etwas. Es ist eine Art Riss zwischen den Welten, der den Übergang von dieser Welt zum anderen Ort ermöglicht.«

Ein stechender Schmerz zuckte durch meinen Kopf, als unzählige Fragen gleichzeitig auf ihn einstürmten, und doch war ich nicht in der Lage, auch nur eine davon zu äußern. Man konnte mir die Überforderung wohl ansehen, denn Nike hob beschwichtigend eine Hand. »Keine Sorge, ich werde dir alles der Reihe nach erklären. Iss einfach etwas und unterbrich mich nicht.«

Mit diesen Worten nahm sie etwas Brot und ein großes Stück Käse aus ihrem Kittel. Gierig biss ich in das Brot und begann zu kauen. Ich hatte gar nicht gemerkt, wie hungrig ich war.

»Es tut mir leid, das muss erst mal reichen«, bemerkte Nike.

Ich hatte den Mund noch voller Brot, daher nickte ich nur. Seufzend ließ Nike sich vor mir in das taunasse Moos sinken. Erstaunt stellte ich fest, dass ich nicht zu ihr hinabschauen musste, sondern wir uns beinahe auf Augenhöhe befanden. Sie war erneut um gut einen Kopf gewachsen! Ich blickte jetzt in das Gesicht einer jungen Frau. Sprachlos starrte ich sie an.

Nike lächelte verlegen. »Störe dich bitte nicht an meinem Aussehen. Du hast selbst bereits erkannt, dass ich das Alter einer Neunjährigen längst überschritten habe. Akzeptiere mich einfach, wie ich bin.«

Immer noch sprachlos nickte ich.

Nike atmete tief durch und begann ihren Bericht. »Was ich dir jetzt erzähle, ist sehr wichtig für dein Überleben und vermutlich auch für das aller anderen Menschen. All die schrecklichen Dinge, die du in den letzten Tagen erlebt hast, geschehen, weil das Gleichgewicht der Welten aus den Fugen geraten ist. Ich habe dir bereits gesagt, dass die Wut die Menschen besiegt. Das war bisher ein langsamer Prozess, der immer schneller geworden ist und sich jetzt seinem Höhepunkt nähert.«

»Aber es gab doch immer schlechte Menschen und solche, die gemein sind, stehlen und morden, warum sollte etwas Besonderes daran sein?« Mir war nicht klar, worauf Nike hinaus wollte. Wut, Hass und Gewalt waren immer schon Teil der Menschen und ihrer Geschichte, warum sollte das ausgerechnet jetzt von Bedeutung sein?

»Das stimmt. Aber es gab immer Menschen, die sich besser im Griff haben als andere. Die sich gegen die Wut wehren und den Hass bekämpfen. Sie haben ein Gleichgewicht geschaffen, verstehst du?«

»Du meinst Leute, die etwas hatten, um die Leere wieder aufzufüllen? Also das, was du neulich hier gesagt hast?«

»Ja, genau. Ich meine solche, die sich unter Kontrolle hatten, weil es einen Grund für sie gab, die Wut zu zügeln. Jetzt stell dir einmal vor, jemand oder etwas nimmt ihnen diesen Grund und alles, was übrig bleibt, sind Wut und Leere.« Nike sah mich erwartungsvoll an.

»Dann gibt es nur noch Menschen, die wütend sind.«

»Siehst du, das ist der Unterschied. Das Gleichgewicht fehlt. Das, was du in den letzten Tagen erlebt hast, ist eine Folge davon. Und das sind nur die offensichtlichen Auswirkungen. Viele Dinge nimmst du gar nicht wahr, weil du damit aufgewachsen bist. Es gab Zeiten, in denen dein Leben und das deiner Mutter viel leichter gewesen wäre.« In Nikes Blick lag ein Bedauern, das ich nicht verstand.

»Aber was ist passiert, dass die Menschen sich so verändert haben? Und was hat das mit mir und meiner Mutter zu tun?«

Nike holte tief Luft, als sammle sie Kraft für eine schwere Aufgabe, die ihr bevorstand und deutete hinter sich an den Rand der Lichtung. »Dort zwischen den Bäumen befindet sich das Portal, von dem ich sprach. Man kann es nicht sehen. Es ist einfach nur ein Riss zwischen zwei Welten. Niemand weiß, warum er existiert oder wie er entstanden ist. Zumindest behauptet Oheim das. Doch sicher ist, dass man durch ihn an den anderen Ort kommt, an dem die Ideen dieser Welt leben.«

»Was meinst du mit Ideen und was ist das für ein Ort?«

»Das lässt sich nicht mit Worten beschreiben. Du wirst ihn aber mit eigenen Augen sehen. Die Ideen dort sind der Ursprung von allem. Alles, was dich in dieser Welt umgibt, sind Abbilder der Ideen vom anderen Ort.«

Das Hämmern und Brummen in meinem Kopf nahm stetig zu. Ich war längst über den Punkt hinaus, die Glaubwürdigkeit von Nikes Geschichte zu hinterfragen. »Und was genau ist passiert, dass unsere Welt sich so verändert hat?«

»Vor vielen Jahren wurde etwas vom anderen Ort gestohlen und in diese Welt gebracht. Die Ideen sind nicht dazu bestimmt, für einen längeren Zeitraum von ihrem Ursprung entfernt zu werden. Je länger sie am anderen Ort fehlen, desto mehr schwindet ihre Existenz. Ihre Idee geht verloren und zerstört das Gleichgewicht zwischen den Welten. So, wie es hier geschehen ist.«

Ich schloss die Augen und massierte meine Schläfen. Obwohl es mir schwerfiel, mich auf die einzelnen Zusammenhänge zu konzentrieren, zog Nikes Geschichte mich zunehmend in ihren Bann.

»Was wurde denn gestohlen und von wem?«

Alle Härte wich aus Nikes Zügen und ich erkannte ein verräterisches Glitzern in ihren Augen. Schnell senkte sie den Blick und deutete auf den kleinen Lederbeutel, den ich meiner Mutter aus der Hand genommen und jetzt achtlos neben mich gelegt hatte.

»Öffne ihn.«

Mit zittrigen Fingern bemühte ich mich, den festen Knoten des Zugbandes zu öffnen. Warum hatte Mutter ihn überhaupt bei sich gehabt? Ich hatte dieses schäbige Ding noch nie gesehen. Was war so wichtig daran, dass sie es in einer lebensbedrohlichen Situation mit sich nahm?

Als sich die Kordel endlich löste, entnahm ich ihm einen zierlichen Gegenstand, der sich kühl und glatt in meine Handfläche schmiegte. Es war ein Eichenblatt. Es war saftig grün und sah aus, als hätte es gerade noch am Baum gehangen. »Es ist wunderschön«, entfuhr es mir überrascht.

»Das ist wohl auch der Grund, warum deine Mutter es mitgenommen hat«, sagte Nike.

Ruckartig blickte ich zu ihr auf. Einen Moment hielt sie meinem Blick stand, dann schaute sie gedankenverloren in den Wald und fuhr stockend fort.

»Sie war noch ein kleines Mädchen und wusste nicht, was sie anrichtete. Es war meine Schuld. Ich hätte besser aufpassen müssen.«

»Du kennst meine Mutter von früher? Warst du schon hier, als sie noch ein Mädchen war?«

Nike lächelte. »So kann man es sagen. Deine Mutter war meine kleine Schwester.«

Die Worte lasteten schwer auf der Stille der Lichtung und es brauchte einen Moment, bis mir ihre Bedeutung vollständig aufging. »Du bist meine Tante!«, rief ich.

»Ja, das bin ich. Aber am besten gewöhnst du dich gar nicht erst an diesen Gedanken. Es ändert nichts daran, dass du in Zukunft auf dich selbst gestellt sein wirst.«

»Aber warum? Du bist doch hier und du siehst jetzt schon viel älter aus.« Ich sah Nike sehr genau an und suchte in ihrem Gesicht nach Ähnlichkeiten mit meiner Mutter. Ich bildete mir ein, dass ihre Nase denselben Schwung aufwies wie die meiner Mutter. Ich erkannte die hohe Stirn, die angeblich auch mein Großvater gehabt hatte und bemerkte, dass ihre Augenfarbe meiner glich. Dann fiel mir etwas ein.

»Mutter hatte aber gar keine Schwester.«

Als Nike jetzt weitersprach, machte die Trauer ihre Stimme brüchig und schwer.

»Damit sind wir an dem entscheidenden Punkt meiner Geschichte angelangt. Ich bin deine Tante und zugleich bin ich es nicht. Ich bin nur noch ein Geist. Eine Erinnerung, die mit jeder Minute mehr verblasst. Es war meine Strafe dafür, dass ich meine kleine Schwester für einen winzigen Moment aus den Augen ließ.«

»Was für eine Strafe und wer hat dich bestraft?«

»Wir waren noch Kinder und spielten eines Tages auf der großen Wiese hinter unserem Garten. Das taten wir häufig, wenn die Herde Esel, die sonst dort weidete, nicht da war. Meiner Schwester wurde bald langweilig und sie schlug vor, in den Wald zu gehen. Zunächst hatte ich Angst, wir kannten natürlich die schlimmen Geschichten, die man sich im Dorf erzählte. Doch am Ende gab ich nach.

Wir spielten Verstecken zwischen den Bäumen, und als ich an der Reihe war, sah ich, wie deine Mutter ihr Versteck wechseln wollte. Ich rannte auf sie zu, um sie zu fangen und dann verschwand sie plötzlich. Sie löste sich einfach in Luft auf. Ich erschrak und rannte auf die Stelle zu, an der sie zuletzt gestanden hatte und stieß mit voller Wucht gegen sie. Ich war so erleichtert, sie zu sehen, dass ich unsere Umgebung zuerst gar nicht wahrnahm. Erst, als ich sie umarmte, fiel mir auf, dass wir uns nicht mehr im Wald befanden, sondern an einen Ort, der fremd und vertraut zugleich wirkte. Er war wunderschön, verwirrend, chaotisch und beängstigend. Wir hielten uns eine Weile dort auf und bestaunten seine Wunder. Doch irgendwann wurde ich unruhig und wollte heimkehren. Ich ließ meine Schwester nur für einen Wimpernschlag aus den Augen, um mich nach dem Rückweg umzusehen. Der Moment reichte ihr. Aus dem Augenwinkel sah ich gerade noch, wie sie ein Blatt abriss und blindlings davonlief. Ich rief ihr nach, doch wie zuvor im Wald verschwand sie plötzlich und ich erhielt keine Antwort.

Ich hatte kaum Zeit zu begreifen, was geschehen war, da ertönte Oheims Stimme in meinem Kopf.

Der Diebstahl des Blattes hatte ihn auf unsere Anwesenheit aufmerksam gemacht. Wütend fragte er, wie ich hierher gekommen sei und was ich gestohlen hatte.

Ich war so eingeschüchtert, dass ich ihm alles erzählte. Er war außer sich vor Wut und befahl mir, meine Schwester zurückzuholen, damit sie bestraft würde. Doch ich weigerte mich. Es war mein Fehler gewesen. Ich hatte nicht aufgepasst, obwohl ich doch die Ältere war. Schließlich bot ich an, die Strafe auf mich zu nehmen. Er ließ sich darauf ein, verlangte jedoch, dass ich das Blatt zurückbrachte und meiner Schwester die Erinnerung an das Geschehene nahm. Hierzu gab er mir einen Apfel, den sie essen sollte, sobald ich das Blatt von ihr erhalten hatte.

Ich kehrte zum letzten Mal heim und fand meine kleine Schwester in ihrem Zimmer. Sie erwartete mich bereits und sagte, dass sie ihren Schatz nicht wieder hergebe und ihn sicher versteckt habe. Als große Schwester glaubte ich natürlich, all ihre Verstecke zu kennen. Also schloss ich sie einfach in die Arme und verabschiedete mich von ihr. Dann gab ich ihr den Apfel, in den sie gleich hineinbiss.

Ich verließ das Zimmer und machte mich daran, ihre Verstecke nach dem Blatt abzusuchen. Ich fand es nicht. Sie hatte es in keinem mir bekannten Versteck deponiert und ich konnte sie nicht mehr danach fragen. Also kehrte ich mit leeren Händen zurück in den Wald, wo Oheim auf mich wartete.«

An dieser Stelle hielt Nike in ihrer Erzählung inne. Unruhig rutsche ich auf dem Baumstamm umher und konnte meine Ungeduld schließlich nicht mehr beherrschen. »Und was geschah, als du ohne das Blatt zurückgekommen bist?«

»Oheim war außer sich vor Wut. Er tobte, schrie mich an und erklärte mir, was der Verlust des Blattes für seine und unsere Welt bedeutete. Doch es war zu spät. Er sagte, dass diese Welt eines Tages für diesen Diebstahl zahlen müsse. Meine Strafe bestand schließlich darin, gemeinsam mit Oheim und einigen Wächtern über den Wald und mein Elternhaus zu wachen, in der Hoffnung, dass das Blatt eines Tages wieder auftauchte.«

Nike schwieg und schien für einen Moment in ihren Erinnerungen gefangen zu sein.

»Und warum bist nicht noch einmal zurückgegangen und hast danach gesucht?«

»Als deine Mutter den Apfel aß, wurde ich praktisch aus dem Gedächtnis dieser Welt gelöscht. Ich existiere nicht mehr in ihr. Ich gehöre weder in diese Welt noch an den anderen Ort und bin, wie die Wächter, an die Gegenwart des Portals gebunden. Ich kann mich in keiner der Welten frei bewegen. Ich bin nur ein Geist. Die Menschen sehen mich, nehmen mich jedoch nicht wahr. Ich kann sie nicht einmal ansprechen, solange sie nicht von sich aus auf mich zukommen. Ich existiere in ihren Gedanken als das Eselmädchen. Diese Erinnerung ist jedoch so blass, dass niemand meine

Existenz hinterfragt. Verstehst du? Ich bin einfach da, ohne von Bedeutung zu sein. Es fällt den Menschen leichter, mich zu vergessen, als sich an mich zu erinnern. Deshalb konnte ich all die Jahre ein kleines Mädchen bleiben und mit den Eseln auf dieser Wiese leben, ohne dass jemand wirklich auf mich aufmerksam wurde.«

»Ich konnte mich immer an dich erinnern und habe mich oft gefragt, wer du bist und wie du so alleine leben kannst. Und ich glaube, meine Mutter auch.«

Ein warmes Lächeln erhellte Nikes Gesicht. »Natürlich. Deine Mutter war meine kleine Schwester. Es gibt Bindungen auf dieser Welt, die die Wächter nicht verstehen und auch niemals auslöschen können«, sagte sie sanft.

Mir fiel eine weitere Frage ein, die mich beschäftigte. »Das heißt Oheim und die anderen Esel bewachen dieses Portal?«

»Ja. Lange Zeit hat es gereicht, die Schauermärchen über den Wald zu verbreiten und regelmäßig aufzufrischen. Zusätzlich postierten sich einige Wächter als Eselherde auf dieser Wiese. Doch sie wurden nachlässig und kehrten häufig an den anderen Ort zurück, ohne einen Posten zurückzulassen. Sie können sich nicht lange in dieser Welt aufhalten. Sie schwächt sie, je länger sie sich darin aufhalten und je weiter sie sich vom Portal entfernen. Die Weide war das Äußerste, was sie sich über einen längeren Zeitraum zumuteten.«

»Und warum sind die Wächter jetzt fortgegangen? Ich dachte, es wäre alles so schlimm und die Welt geht bald unter.«

»Sie haben diese Welt aufgegeben. Der andere Ort wird ohne das Blatt nie wieder vollständig sein. Andere Welten werden ohne Eichenblätter auskommen müssen. Doch sie werden existieren. Oheim ist bereit, diese Welt zu opfern, um die anderen und vor allem den anderen Ort zu schützen.«

»Soll das heißen, es gibt noch mehr Welten?«

Jetzt lachte Nike. »Aber natürlich. Und sie sind alle unterschiedlich. Das macht den anderen Ort auch so besonders. Du wirst dort Dinge sehen, die du nicht aus dieser Welt kennst, sondern nur aus Geschichten oder Träumen. Die Ideen sind vielfältig und erscheinen jedem auf eine andere Weise. Im Grunde genommen bestimmst du selbst, wie sie dir erscheinen.«

»Also werde ich den anderen Ort sehen?«

Ich war mir nicht sicher, ob ich mich darüber freuen sollte. Nikes Beschreibung klang zwar verlockend, wenn dort alles tatsächlich so wunderbar und vollkommen war. Doch zugleich beschlich mich der Gedanke, dass es ein sehr gefährlicher Ort sein musste, wenn Wesen wie Oheim darüber wachten. Auch wenn der verwahrloste Esel harmlos wirkte, so klang seine Stimme stets kalt, herrisch und Furcht einflößend.

»Du musst das Blatt zurückbringen. Du bist der einzige, der diese Welt noch retten kann. Außer dir und mir weiß niemand, dass es überhaupt noch möglich ist«, beantwortete Nike meine Frage.

Ich legte das Blatt neben mir auf dem Baumstamm und vergrub mein Gesicht in den Händen. Mich überkam der Wunsch, mich einfach in irgendeiner Ecke zusammenzukauern und auf das Ende zu warten. Ich hatte keine Lust, etwas zu tun. Selbst das Atmen erschien mir in diesem Moment anstrengender als sonst.

»Warum denn ich? Ich gebe dir das Blatt und dann kannst du oder Oheim oder sonst wer es zurückbringen.«

»Ich kann nicht an den anderen Ort zurückkehren. Oheim und die Wächter können die Dinge nicht berühren. Sie sind dort, um sie zu beschützen. Die Verlockung, sie selbst zu stehlen, wäre sonst viel zu groß. Und du bist jetzt hier und hast das Blatt.«

»Woher wusstest du überhaupt, dass meine Mutter das Blatt noch hatte und dass ich es bei mir habe?«, fragte ich.

»Ich wusste es nicht. Ich war nur nicht bereit, diese Welt aufzugeben. Erinnerst du dich an den Tag, als wir aus dem Wald kamen? Da habe ich schon versucht, Oheim zu überzeugen, dass du für uns nach dem Blatt suchen kannst. Aber die Wächter denken nicht wie wir Menschen. Sie sind ganz verstockt, wenn es um ihre Aufgabe geht. Sie können keine Wissenden erlauben. Kein lebender Mensch darf von diesem Portal oder dem anderen Ort wissen. Aus diesem Grund musste ich deiner Mutter die Erinnerung nehmen. Bei Kindern ist dies noch sehr leicht möglich. Selbst wenn später noch Erinnerungsfetzen auftreten, tun sie es als Traum oder Spiel aus der Kindheit ab. Ich wollte dich schon viel früher einweihen. Als du heute nach der Schule zu mir kamst, war ich fest entschlossen, dir alles zu erzählen. Aber du hast mir nicht zugehört«, erklärte Nike.

»Weil du mir den Mord an meiner Mutter verschweigen wolltest«, unterbrach ich sie. Die Wut versetzte mir einen kleinen Stich, doch ich war zu neugierig auf Nikes Bericht, um ihr mehr Raum zu geben.

»Ich sehe ein, dass es falsch war. Nach den vielen Jahren, die ich inzwischen unter den Wächtern gelebt habe, habe ich wohl verlernt, wie ein Mensch zu fühlen. Es tut mir leid.«

Ich nickte, um ihr zu zeigen, dass ich ihre Entschuldigung akzeptierte.

Nike fuhr fort: »Als du eben die Hintertür geöffnet hast, habe ich die Anwesenheit der Idee sofort gespürt. Mir war klar, dass ich dich nur vor diesen Handlangern retten musste.«

»Wenn du die Anwesenheit spüren konntest, warum hast du dann nicht schon viel früher nach dem Blatt gesucht?«, fragte ich.

»Hast du mir denn nicht zugehört?«, fuhr sie ihn an. »Ich bin an dieses Portal gebunden. Wie die Wächter, kann ich mich nicht weit davon entfernen. Als ich bei euch am Gartenzaun stand, war es die äußerste Grenze. Die Wächter und ich saßen auf der Weide fest, mit dem Wissen, dass das Blatt sich in greifbarer Nähe befand. Wir konnten nicht einmal jemanden den Auftrag geben, danach zu suchen. Die Menschen müssen mich sehen wollen, verstehst du. Du bist aus eigenem Antrieb zu mir gekommen, deshalb konnte ich mit dir reden.«

Ich versuchte, mich in Nikes Lage zu versetzen, die Jahrzehnte gezwungen war, das Leben ihrer Familie aus der Distanz zu betrachten, ohne dass sich jemand an sie erinnerte. Und dann die Sache mit dem Blatt. Sie wusste die ganze Zeit, dass es irgendwo im Haus sein musste, konnte jedoch nicht hingehen. Erst jetzt erkannte ich, wie qualvoll die Strafe gewesen war, die sie für ihre kleine Schwester in Kauf genommen hatte.

»Warum konnte meine Mutter sich überhaupt an das Blatt erinnern und hat es in einer so gefährlichen Situation mitgenommen?«, fragte ich.

»Ehrlich gesagt habe ich mich das auch gefragt. Ich kann es mir nur so erklären, dass sie es vielleicht irgendwann durch Zufall wiedergefunden und gespürt hat, dass es etwas ganz Besonderes ist. Du hast selbst gemerkt, was für ein Bann von ihm ausgeht.«

Ich betrachtete das Blatt auf dem Baumstamm. Ich stellte mir vor, was für eine Wirkung dieses makellose Wunderding auf ein kleines Kind haben musste. Selbst ein Erwachsener, der für eine solche Verzauberung nur wenig übrig hatte, musste seinen Wert erkennen. Ich löste mich aus der Betrachtung und wandte mich wieder meinem gegenwärtigen Problem zu.

»Und jetzt verlangst du von mir, dass ich einfach durch dieses Portal gehe und das Blatt zurückbringe? Warum sollte ich das tun? Es gibt nichts in dieser Welt, das ich gerne retten würde. Meinetwegen soll sie untergehen, mit mir mittendrin«, fuhr ich auf.

Ich konnte nicht genau sagen, warum ich mich sträubte. Vielleicht war es die Ignoranz, mit der Nike meiner Situation begegnete. Vielleicht der Wunsch, mich erst einmal ausruhen und über die vielen neuen Informationen nachdenken zu können. Vielleicht hatte ich auch nur Angst. In jedem Fall war ich es in diesem Augenblick satt, mich herumschubsen zu lassen. Denn genauso kam es mir vor.

»Einfach wird es bestimmt nicht, aber es ist machbar. Und es gibt Menschen in dieser Welt, die tatsächlich etwas zu verlieren haben. Kinder, die es verdient haben, aufzuwachsen, und zwar in einer besseren Welt, als du es musstest. Ich verstehe sehr gut, dass du für dich keinen Nutzen in dieser Tat siehst. Aber du hast das Blatt und damit als Einziger das Mittel, die Wut der Menschen zu bändigen. Du trägst die Verantwortung!«, entgegnete Nike.

»Und zu verlieren habe ich wohl auch nichts, sollte an diesem anderen Ort irgendetwas schief gehen?«

Nike ignorierte den gereizten Unterton in meiner Stimme und antwortete: »So ist es.«

Wütend funkelte ich sie an. Wir waren inzwischen beide aufgesprungen und standen uns gegenüber wie zwei kampfbereite Hähne. Wie konnte sie es wagen, mir das ins Gesicht zu sagen? Als ginge es mir nicht schon schlecht genug. Ich holte bereits Atem, um ihr meine Verachtung entgegen zu brüllen, als mir plötzlich der Gedanke kam, dass es die Wahrheit war.

Die Wut verrauchte augenblicklich. Sie wich aus mir wie die Luft aus einem Ballon.

»Gut. Angenommen, ich gehe durch dieses Portal, was geschieht dann?«, fragte ich resigniert.

»Das weiß ich ehrlich gesagt auch nicht«, gab Nike zu. »Niemand wird dir sagen können, wo genau das Blatt hingehört. Der andere Ort ist sehr unübersichtlich für jemanden, der aus dieser Welt stammt. Du wirst zunächst lernen müssen, dich darin zu orientieren. Ich denke, Oheim oder ein anderer Wächter wird dich erwarten. Sie rechnen nicht damit, dass noch jemand kommen wird, aber sie werden das Blatt spüren. Allerdings können sie dir auch nicht helfen. Sie können die Dinge nicht berühren und kennen auch ihren genauen

Ursprung nicht. Ihre Aufgabe ist es, die Ideen mit allen Mitteln zu beschützen. Lass dich nicht täuschen. Sie begegnen dir vielleicht sehr freundlich, aber es wird nicht in ihrem Sinn sein, dass du vom anderen Ort zurückkehrst. In ihren Augen bist du ein Wissender, der ein hohes Risiko darstellt. Sie dulden keine Wissenden. Sobald du die Schwelle übertrittst, bist du auf dich allein gestellt.«

Mir entfuhr ein bitteres Lachen. »Nike, ich bin seit heute überall auf mich allein gestellt.«

Sie hielt mir auffordernd die Hand hin. Ich bückte mich nach dem Blatt und ließ mich von Nike zu einem Punkt am Rande der Lichtung führen. Ich konnte nichts Besonderes erkennen. Der Wald sah hier genauso aus wie an jeder anderen Stelle. Kein Flimmern oder sonst irgendeine Auffälligkeit wies auf die Anwesenheit des Portals hin. Während ich noch nach Hinweisen auf den Riss zwischen den Welten suchte, fasste Nike mich fest an den Schultern und zwang mich, ihr ins Gesicht zu blicken.

»Wenn du am anderen Ort bist, vergiss niemals, dass die Wächter dir nichts anhaben können. Sie werden nichts unversucht lassen, um dich zurückzuhalten. Wahrscheinlich werden sie dir drohen, Bilder in deinem Kopf erzeugen und dir Angst einjagen, doch sie können dir nichts anhaben. Ganz gleich, wie allmächtig sie sich aufführen. Ihre Macht ist eingeschränkt. Stark eingeschränkt. Hast du verstanden?«

Ich nickte.

»Und noch etwas. Das ist vielleicht noch wichtiger. In dem Augenblick, da du das Blatt zurückgelegt hast, drehst du dich um. Renne einfach geradeaus und denk an Zuhause. Und ganz gleich, was du siehst oder hörst, sieh auf gar keinen Fall zurück. Denk nicht nach. Am besten schließt du die Augen. Diese blinde Flucht hat deine Mutter damals vor ihnen gerettet. Hörst du? Du darfst auf gar keinen Fall zurückblicken. Was immer dir Oheim auch verspricht. Das ist der einzige Weg, auf dem du zurück in deine Welt gelangst. Kannst du dir das merken?«, fragte Nike nachdrücklich.

Offensichtlich spiegelte mein Gesicht die Erschöpfung wider, die ich empfand, wenn Nike glaubte, ich könne mir derart einfache Informationen nicht merken. Ich nickte. Mir war es gleichgültig, ob ich dieses Wissen tatsächlich brauchen würde, ich wollte nur, dass all dies bald vorbei war.

Schweigend wichen wir unseren Blicken aus, bis Nike irgendwann wieder das Wort ergriff.

»Also dann, du musst zwischen diesen Bäumen hindurchgehen, dann kannst du das Portal nicht verfehlen.«

Sie deutete auf eine Stelle in der Luft zwischen zwei Fichten. Ich machte einen Schritt auf die Stelle zu, wandte mich jedoch noch einmal um.

»Warum eigentlich Esel?«

Nike brach in schallendes Gelächter aus. Es dauerte, bis sie sich wieder einigermaßen beruhigt hatte.

»Ich weiß es nicht, aber ich mag Esel und empfinde sie bei Weitem nicht so Furcht einflößend, wie die Wächter in jeder anderen Gestalt sein können.«

Die letzten Worte wischten das Lächeln von ihrem Gesicht. »Geh jetzt besser.«

Und dann schubste sie mich zwischen die nahestehenden Bäume. Ich spürte ein Ziehen und einen Wimpernschlag später war der Wald verschwunden.

***

Wirklich verschwunden war der Wald nicht, stellte ich bei näherem Hinsehen fest. Ich befand mich immer noch in einem Wald. Zumindest erinnerte dieser Ort daran und war zugleich ganz anders.

Es gab Bäume, Sträucher und bekannte sowie unbekannte Tiere ließen sich mancherorts blicken. Obwohl ich alles deutlich erkennen konnte, verschwammen die Formen und Konturen der Dinge ständig. Ich konnte den stetigen Wandel des Ortes weder mit den Augen noch mit meinem Verstand erfassen. Alles befand sich im Fluss.

Ich stand inmitten dieses Gewusels, staunte und konnte nachvollziehen, warum dieser Ort Nike und meine Mutter damals fasziniert hatte. Auch verstand ich den kindlichen Drang, eines der Wunderdinge anfassen und behalten zu wollen, der meine Mutter angetrieben haben musste.

Plötzlich bemerkte ich einen Mann, der nicht weit entfernt zwischen einigen Bäumen stand und mich beobachtete. Er war das einzige Lebewesen an diesem Ort, das mich tatsächlich wahrzunehmen schien. Ich ging ein paar zögerliche Schritte auf ihn zu.

»Oheim?«

»Hat er es bei sich?«, fragte er ohne Umschweife.

Seine Stimme erklang wieder in meinem Kopf. Mir fiel auf, dass sein Gesicht und sein Äußeres keinerlei markante Züge aufwiesen. Er war mittleren Alters mit grauen Strähnen im kastanienbraunen Haar.

»Ja«, antwortete ich eingeschüchtert. Meine Hand schloss sich unmerklich fester um das Blatt.

»Er kommt spät«, sagte er vorwurfsvoll.

Mein Kopf schmerzte immer noch. Man hatte mir an diesen Nachmittag meine Mutter genommen, ich hatte eine Tante gefunden und wieder verloren und zu guter Letzt eine Freundin zurückgelassen. Jetzt stand ich an diesem beängstigenden Ort und musste mir von diesem merkwürdigen Wesen anhören, ich sei spät dran.

»Ihr hattet meine Welt doch ohnehin aufgegeben. Da spielt es doch keine Rolle, wann und ob ich hier aufkreuze«, erwiderte ich mit zusammengebissenen Zähnen.

»Hat er die Idee allein gefunden oder hat das Mädchen ihm etwas gesagt?«

»Ich habe es zufällig gefunden. Meine Mutter hatte es bei sich, als sie …«

»Starb«, vollendete Oheim meinen Satz. »Es ist gut, dass es so gekommen ist. Die Erinnerung war vielleicht noch zu stark in ihr.«

Es dauerte einen Moment, bis ich begriff, was er meinte. Soeben hatte Oheim den Tod meiner Mutter gutgeheißen. Allmählich wurde mir klar, wie wenig menschlich die Wächter waren. Plötzlich war mir alles zuwider. Das Blatt, dieser Ort, Oheim, sogar Nike verabscheute ich dafür, dass sie mir diese Aufgabe zugedacht hatte.

Ich wollte dieses vergessene Diebesgut nicht haben. Ich wollte es nicht zurückbringen und ich wollte nicht allein sein. Weder an diesem Ort, noch in meiner Welt, wo, selbst wenn ich zurückkehrte, niemand auf mich warten würde.

In mir platzte ein Knoten. Der Schmerz verschwand ganz plötzlich und setzte einen Schwall heißer Wut frei, die sich nicht mehr bändigen ließ.

»Und was ist, wenn er sich weigert?«, fragte ich mit fester Stimme. Diesmal wich ich dem Blick des Mannes nicht aus.

»Er hat keine Wahl«, dröhnte Oheims Stimme in meinem Kopf. »Entweder er erfüllt seine Aufgabe oder er wird auf ewig hier gefangen sein.«

Ich wollte erwidern, dass er das doch ohnehin für mich vorgesehen habe, als ich eine zweite, wesentlich sanftere Stimme vernahm.

»Bitte tu es. Für mich und meine kleine Schwester. Sie musste schon einen hohen Preis für ihren Diebstahl zahlen. Bitte beende diese Sache für uns alle.«

»Nike?«, rief ich verzweifelt. »Nike, wo bist du? Bitte hilf mir! Komm mit mir!«

»Nein. Hast du vergessen? Ich bin nur eine Erinnerung. Weder hier noch dort, aber immer bei dir. Bitte geh jetzt und bring das Blatt an seinen Platz.«

»Aber wie?«, schrie ich. Sie hatten mir jetzt mehrfach gesagt, was ich zu tun hatte, doch schien es niemand für nötig zu halten, mir zu erklären, wie ich das anstellen sollte.

»Nur er selbst kann es herausfinden. Er wird seinen Gedanken folgen müssen«, antwortete Oheim an Nikes Stelle und wandte sich zum Gehen.

Ich blickte ihm nach. Kurz erwog ich, ihn zurückzurufen und erneut zu fragen, doch dann erinnerte ich mich an Nikes Worte. Er würde mir keine Antworten liefern, weil er es nicht konnte. Mich überkam eine spontane Welle des Mitleids für die Wächter, deren Existenz dadurch geprägt war, etwas zu bewachen, das sie selbst nicht berühren oder ergründen konnten. Es musste ein bitteres, trostloses Leben sein. Doch dann kam mir in den Sinn, was er über den Tod meiner Mutter gesagt hatte und zu welchem Leben sie Nike verdammt hatten. War eine Kreatur wie Oheim überhaupt zu menschlichen Empfindungen fähig? Und wenn nicht, was trieb ihn dann zu seinen Handlungen?

Ich unterbrach meine Überlegungen, sie brachten mich jetzt nicht weiter. Nike und Oheim waren gleichermaßen davon überzeugt, dass ich die Aufgabe annehmen würde, die sie für mich vorgesehen hatten und allmählich fragte ich mich, warum ich überhaupt Widerstand leisten sollte. Ich hatte nichts mehr zu verlieren. Niemand wartete auf mich und mir konnte es egal sein, ob ich an diesem unwirklichen Ort versauerte oder in meiner Welt zugrunde ging. Also konnte ich auch genauso gut versuchen, ihren Wunsch zu erfüllen.

Ich betrachtete das Blatt erneut, das ich während des Gesprächs mit Oheim fest umklammert hielt. Es sah immer noch aus wie frisch vom Baum gepflückt. Doch plötzlich begann es zu welken, wurde gelb und dann bräunlich, bis es zu einem Pflanzenskelett zerfiel und für einen Atemzug ganz verschwand.

Panik keimte in mir auf. Es war verwelkt! Wie sollte ich es jetzt zurückbringen? Mein Schreck war jedoch nur von kurzer Dauer, denn im nächsten Moment hielt ich eine frische Knospe in der Hand, die zu einem jungen Blatt gedieh. Es fiel mir schwer, den Blick von diesem faszinierenden

Schauspiel zu lösen, doch ich musste die passende Lücke für dieses winzige Teil in diesem unendlichen, verwirrenden Puzzle finden.

Suchend sah ich mich um. Zum ersten Mal seit meiner Ankunft konzentrierte ich mich auf meine Umgebung. Ich befand mich nach wie vor in einem Wald. Das Licht erstrahlte in einem überirdischen Grün, es war eine Spur zu grell, um erträglich zu sein. Es blendete mich, sodass meine Augen schmerzten. Es war ähnlich den Farben, mit denen sich manche Tiere schmückten. Grell und auffallend, und man wusste gleich um seine Giftigkeit.

Ich kniff die Augen zu schmalen Schlitzen und betrachtete die Bäume um mich herum. Von jeder Art schien es nur ein Exemplar zu geben. Gebannt beobachtete ich einen Feigenbaum, der nicht weit von mir vom Strauch zu einem Baum und schließlich zu einem Riesen von etwa sieben Metern wuchs. Immer wieder wechselten seine Blätter die Farbe, fielen aus und wuchsen erneut aus frischen Knospen. Nur mit Mühe konnte ich mich daran hindern, nach einer der reifen Früchte zu greifen, die in regelmäßigen Abständen an seinen Zweigen wuchsen.

Ich konnte nicht sagen, wie lange ich dieses Schauspiel betrachtet hatte, bis der entscheidende Gedanke in mein Bewusstsein drang: Bäume. Sie wuchsen hier überall, also musste sich irgendwo eine Eiche befinden, zu der dieses Blatt gehörte. Erfreut, dass meine Aufgabe scheinbar doch leicht zu erfüllen war, ging ich in irgendeine Richtung und begann die losen Reihen nach Eichen abzusuchen.

Ich kam gut voran. Der Untergrund, der zunächst wie gewöhnlicher Waldboden ausgesehen hatte, barg keinerlei Unebenheiten und federte leicht, wenn ich auftrat, als ginge ich über eine unendliche Gummimatte. Ab und an erspähte ich Tiere, die ihren Lebenszyklus innerhalb weniger Stunden durchliefen. Es fiel mir zunehmend schwerer, mich auf die Suche nach einer Eiche zu konzentrieren. Zudem erinnerte mich der Anblick der alternden Lebewesen an Nike und die Wandlung, die sie in den letzten Stunden durchgemacht hatte.

Meine Gedanken schweiften ab. Ob sie jetzt, da alles dem Ende zustrebte, auch über ihr tatsächliches Alter hinausgehen würde? Ich stellte mir vor, wie meine Mutter wohl als junges Mädchen ausgesehen hatte. War sie Nike sehr ähnlich gewesen? Das Bild meiner vermeintlich kindlichen Mutter verschwamm vor meinen Augen und ich sah sie wieder am Boden liegen. Das aschblonde Haar in einer dunklen Blutlache. Ich zwang mich, das Bild vom Abend zuvor heraufzubeschwören und sah sie wieder mit gesenktem Kopf in der Küche sitzen. Zwar war ihr Kopf immer noch von einer rötlichen Aura umgeben, doch es war der Anblick, den ich in Erinnerung behalten wollte. Ich schluckte schwer und kniff die Lider fest zusammen, um die Tränen zurückzuhalten, die mir bereits aus den Augen quollen.

Als ich die Augen wieder öffnete, waren zu meinem Entsetzen alle Bäume verschwunden und ich befand mich auf einer Straße, zu deren Seiten sich endlos dieselben kleinen Einfamilienhäuser reihten. Ich wandte mich dem nächstgelegenen Gartentor zu, das vertraut schief in den Angeln hing, öffnete es und ging zur Haustür. Ohne mein Zutun schwang sie auf und mit klopfendem Herzen trat ich über die Schwelle.

Vor mir erstreckte sich ein endloser Gang, dessen strahlend weiße Wände gesäumt waren von Wandschmuck. Während ich dem Gang folgte, musterte ich die unzähligen Dinge an den Wänden. Bilder in unterschiedlichen Rahmen hingen dort säuberlich aufgereiht. Ich blieb stehen, um sie näher zu betrachten.

Eines zeigte ein kleines Kind, ich konnte nicht sagen, ob Junge oder Mädchen, das sich das Knie aufgeschlagen hatte und sich von einem Erwachsenen trösten ließ, der dem Betrachter den Rücken zugewandt hatte. Ein anderes zeigte eine Person mit langen mausgrauen Haaren, die sich mit gesenktem Kopf an einem massiven Steinmonument abstütze. Und wieder ein anderes zeigte einen belebten Marktplatz, auf dem sich die unterschiedlichsten Menschen tummelten. Irgendwie war es dem Maler gelungen, dass keine der

Menschen einander zugewandt waren oder sich gar berührten, obwohl das Bild vor lauter Figuren zu bersten schien. Auch die Motive der übrigen Bilder zeigten alle möglichen und unmöglichen Gegenstände, Figuren und Situationen.

Ich dachte an die Ideen, von denen Nike berichtet hatte. Was mochten diese Bilder bedeuten? Zeigten sie Dinge, die es in anderen Welten wirklich gab? Ich betrachtete weitere Bilder und kam zu dem Schluss, dass es die dort abgebildeten Dinge, wenn es überhaupt welche waren, nirgendwo geben konnte. Vielleicht waren es ja nur die Farben oder die Orte, deren Ideen als Vorlage dienten. Oder ging dieser Ort soweit, dass er ganze Situationen oder gar Gefühle für die Welten bereithielt? Ich erkannte, dass mich diese Überlegungen überforderten und zudem der Erfüllung meiner Aufgabe kein Stück näherbrachten. Also folgte ich dem Gang weiter und betrachtete oberflächlich die Dinge an seinen Wänden.

Bald lockerte sich die enge Reihe der Bilder und zwischen ihnen hingen an Haken, Ösen und Nägeln allerlei Gegenstände. Jacken, Regenschirme, Hüte und andere Kleidungsstücke, aber ich konnte ebenso ein Jagdgewehr, eine Gitarre und eine Ansammlung skurriler Masken ausmachen. Und dann gab es dort Dinge, deren Funktion ich nicht einmal erraten geschweige denn benennen konnte. Ich sah einen bogenförmigen Gegenstand aus Metall, der über drei Griffe verfügte und dessen

Kanten geschliffen waren wie die Seiten eines Schwertes. Das Ding sah unglaublich schwer aus und ich stellte mir die Frage, ob es tatsächlich Welten gab, die von Wesen mit drei Händen bevölkert wurden. Dieser Ort weckte eine Vorstellung in mir, wie klein und unbedeutend wir Menschen in meiner Welt eigentlich waren.

Nachdem ich dem Gang geraume Zeit gefolgt war und nichts hatte erkennen können, zu dem das Eichenblatt passte, kroch Panik in meine Gedanken. Ich wollte zurück in den Wald, wo es wenigstens Bäume gab. Nichts, von dem was mich hier umgab, bot mir einen Anhaltspunkt. Ich blickte mich um.

Der Gang erstreckte sich zu beiden Seiten endlos. Die Tür, durch die ich ihn betreten hatte, war spurlos verschwunden. Auch gab es keine anderen Ausgänge oder Abzweigungen, die von diesem Flur abgingen. Ich war gefangen!

Plötzlich blendeten mich die strahlend weißen Wände. Ich versuchte, meine Augen mit einer Hand abzuschirmen, während ich zugleich das Bedürfnis hatte, beide Arme fest um mich zu schlingen. Der Gang wurde enger, seine Wände rückten näher und die Dinge schienen mich zu verhöhnen, auf mich zu zeigen und nach mir zu greifen. Die Luft strömte nur noch träge und zäh wie Teer durch meine Lungen.

Ich preschte vorwärts und sah die Dinge an den Wänden nur noch als graues Band an mir vorüberziehen. Ich glaubte, hinter mir eine wütende Menschenmenge zu hören. Aus ihrem eintönigen Grölen stachen die Stimmen meiner Peiniger hervor, die mich beschimpften und mir drohten.

»Hilfe!«, schrie ich voller Panik. Konnte es denn wirklich sein, dass ich allein an diesem verstörenden Ort war?

»Oheim? Nike? Warum hilft mir denn niemand?«

Ich sah ein, dass sie mir bei der Sache mit dem Blatt nicht helfen konnten, aber sie konnten doch nicht ernsthaft wollen, dass mich dieser wütende Mob zerfleischte. Oder existierte dieser am Ende gar nicht? Vielleicht halfen sie mir nicht, weil keine echte Gefahr drohte. Ich schloss meine Augen und zwang mich ruhiger zu atmen. Das Getöse hinter mir wurde leiser und ich öffnete meine Augen wieder. Ich wagte noch nicht, mich umzusehen und lief weiter, bis meine Umgebung sich erneut veränderte. Die Wände wichen zurück und plötzlich war der Gang verschwunden.

Die Menschen waren jetzt um mich herum, überall. Doch schrien sie nicht oder fluchten oder drohten. Sie gingen einfach ihrer Wege, sahen starr geradeaus. Manche standen auch einfach still da und blickten in unbestimmte Fernen. Ich erkannte, dass ich auf einem großen Platz stand. An seinen Rändern konnte ich die groben Umrisse hoher Gebäude ausmachen, wie man sie in einer großen

Stadt vorfand. Meine Furcht war verschwunden und meine Peiniger auch, wenn sie überhaupt real gewesen waren.

Die Leute, die nun um mich herum standen, beachteten mich nicht. Sie alle blickten in unbestimmte Fernen. Keiner sprach ein Wort. Wie selbstverständlich ging ich davon aus, dass mir niemand antworten würde, wenn ich einen von ihnen ansprach. Also nahm ich mir Zeit, die Menschen eingehender zu betrachten.

Ich sah Männer, Frauen und Kinder. Alle hatten eine andere Haut- und Haarfarbe, ihre Schädel wiesen unterschiedliche Formen auf und ihre Augen boten eine Vielzahl an Farben und Formen. Außerdem gab es große und kleine, dicke und dünne Menschen. Menschen mit Armen und Beinen und Menschen, denen etwas fehlte. Es gab schöne und hässliche. Solche, die glücklich aussahen ebenso wie jene, die traurig wirkten. Doch eines war ihnen allen gemeinsam. Wie die Bäume im Wald durchliefen sie ihren Lebenszyklus, bloß wesentlich schneller. In wenigen Minuten reiften sie vom Säugling zum Kind, dann zum Erwachsenen heran und schließlich endeten sie als Greis, der zu einer Handvoll Erde zerfiel, die bald darauf wieder einen Säugling formte. Immer und immer wieder.

Einer dieser Menschen hatte es mir besonders angetan. Er saß auf dem Boden. Seine Arme lagen in einem verstörenden Winkel am Körper und er war offensichtlich nicht in der Lage, sich aus eigener Kraft zu bewegen. Anders als bei den anderen Menschen begann sein Zyklus bereits im frühen Mannesalter von vorne. Doch so elend und kurz seine Erscheinung auch wirkte, er schaute die ganze Zeit lächelnd auf einen Löwenzahn, der den grauen Boden durchbrochen hatte. Ohne diesen Mann hätte ich ihn gar nicht bemerkt.

Etwas war anders an diesem Platz. Er unterschied sich von den anderen Orten, an denen ich bisher gewesen war. Im Wald und auch in dem Gang hatte ich offensichtlich auch Ideen gesehen, die nicht in meine Welt gehörten. Doch hier befanden sich ausschließlich Menschen. Auch die Umgebung konnte ein beliebiger Platz in irgendeiner Großstadt meiner Welt sein. Das einzig befremdliche hier, war der ständige Wandel der Menschen.

Als ich mich ohne jede Hoffnung, hier den Ursprung des Blattes zu finden, auf dem weitläufigen Platz umsah, fiel mein Blick auf einen Jungen, der hier fehl am Platz war. Er sah mich mit müden Augen an, die zu tief in den Höhlen lagen. Sein Haar war nass vom Schweiß und aus seiner Haltung sprach Erschöpfung.

Was mich jedoch am meisten verstörte, war die Tatsache, dass ich nicht wie alle Umstehenden meinen Lebenszyklus in Dauerschleife durchlief. Erst bei näherem Hinsehen erkannte ich, dass ich in einen mannshohen Spiegel blickte, der sich, rahmenlos wie er war, nahtlos in die Umgebung einfügte. Der Spiegel zeigte mir, was ich längst spürte. Ich passte nicht hierher. Ich war ein Außenstehender. Einsam und ewig isoliert. An diesem Ort ebenso wie in meiner Welt. Ich trat näher und sah mir in die Augen.

Mit einem Schlag wurde mir klar, welche Bedeutung das Geschehen in meinem Kopf für diesen Ort hatte. Er veränderte sich mit meinen Gedanken! Als ich im Wald an meine Mutter in unserer Küche dachte, stand ich plötzlich vor unserem Haus. Als ich mich in dem Gang unbehaglich fühlte, wurde die Umgebung auch bedrohlich. Und zuletzt war ich einer Gefahr entkommen, indem ich mir überlegte, dass sie nicht real war. Ich beeinflusste, was um mich herum geschah. Ein letztes Mal betrachtete ich das Blatt eingehend und prägte mir jede Facette des kleinen Objektes ein. Dann nickte ich meinem Spiegelbild zu und schloss die Augen.

Ich rief mir das Bild meiner Mutter als kleines Mädchen ins Gedächtnis. Betrachtete, diesen Ort durch ihre Augen, sah das Blatt mit ihren Augen. Ein kleines Mädchen vor einer gewaltigen Eiche. Da war dieser Ast, der einladend herabhing. Das Mädchen musste sich nicht einmal auf die Zehenspitzen stellen, um an das Blatt heranzureichen, und was sollte schon geschehen?

Mein Arm hob sich wie von selbst. Als das Blatt den herunterhängenden Ast berührte, öffnete ich die Augen und konnte gerade noch mit ansehen, wie es sich nahtlos an einen schmalen Zweig fügte. Für diesen Bruchteil einer Sekunde lag das Universum mit seiner grenzenlosen Wahrheit offen vor meinen verständnislosen Augen.

Dann hörte ich wieder die Stimmen.

»Er hat es geschafft! Seine Welt wird nun weiter existieren und die Menschen wieder klarer fühlen und denken können. Wir kommen jetzt zu ihm«, riefen sie in meinem Kopf.

Es war nicht nur Oheims Stimme gewesen, sondern ein Chor aus vielen, doch seine stach deutlich hervor. Ich schnaubte verächtlich. Glaubten die Wächter tatsächlich, ich würde ihnen noch trauen, nachdem Oheim den Tod meiner Mutter praktisch begrüßt hatte? Offenbar hatten sie in den Jahren, in denen sie die Menschen beobachtet hatten, nichts über sie gelernt.

»Als ob ihr wüsstet, was es bedeutet, zu fühlen. Alles, was ihr könnt, ist denken und das auch nur als Wächter. Ihr werdet die Menschen niemals verstehen. Ihr könnt das Portal gar nicht beschützen. Nicht auf eure Weise!« Mit diesen Worten drehte ich mich um, schloss meine Augen und rannte blindlings los. Genau, wie Nike es mir gesagt hatte. Augenblicklich schwollen die Stimmen in meinem Kopf an.

»Wo will er denn hin? Will er nicht seine Belohnung empfangen?«, säuselten einige verlockend.

»Bei uns wird es ihm gut ergehen. Viel besser als in seiner Welt!«, versprachen andere.

»Hier kann er sein, wer oder was immer er will!«

»Wir können ihm alles zurückgeben, das ihm genommen wurde«, tönte Oheim aus dem Chor heraus.

»Sie versuchen, mich zu locken. Sie werden mich betrügen«, flüsterte ich mir zu.

»Er kann uns nicht entkommen!«, drohten sie plötzlich und die Stimmen klangen nun gar nicht mehr verheißungsvoll.

»Wir werden ihn einfangen und zurückholen.«

»Er wird nie wieder glücklich sein. Es erwartet ihn nichts«, schloss Oheim erneut.

In meinem Kopf formten sich Bilder. Grausame, blutige Bilder voller Schmerz und Leid. Doch ich wiederholte, was Nike mir eingebläut hatte: »Sie können mir nichts antun!«

Plötzlich durchschnitt ein schmerzerfüllter Schrei das Stimmengewirr in meinem Kopf. Es war Nike! Ich rannte weiter. Sie war es nicht wirklich. Sie war nur ein Geist, wenn sie überhaupt noch existierte. Wer wusste schon, was aus ihr wurde, jetzt, wo alles gut war.

Alles gut.

So fühlte es sich nicht an. Ich rannte doch bereits seit einer Ewigkeit.

Ein weiterer Schrei. Das war nicht Nikes Stimme. Es war meine Mutter!

Im letzten Moment konnte ich mich noch davon abhalten, den Kopf zu wenden.

Nein! Sie war tot. Was immer auch hinter mir diesen Schrei ausgestoßen hatte, es war nicht meine Mutter. Ein weiterer Schrei folgte. Länger, gequälter diesmal und ich begann zu zweifeln.

Was, wenn sie gar nicht tot, sondern nur bewusstlos gewesen war? Vielleicht hatten mich die Wächter nur glauben lassen, sie sei tot, um mich jetzt in der Hand zu haben. Ich merkte, wie meine Schritte schwer von Zweifeln wurden. Sie rief meinen Namen. Ich hielt es nicht aus.

In vollem Lauf drehte ich mich um.

Epilog

Das Prasseln des Feuers klingt laut in dem Schweigen, das sich über das ungleiche Paar legt. Der Junge kaut nervös an seinen Fingernägeln und schaut zweifelnd zu dem alten Mann mit dem fettigen, verfilzten Haar und den schäbigen Klamotten hinüber.

Ist der Alte betrunken oder einfach nur verrückt? Eigentlich spielt es keine Rolle. Er soll nur erzählen, solange er mich hier an seinem Feuer sitzen lässt. Vielleicht kann ich noch etwas zu essen rausschlagen.

Der Junge ändert seine Sitzposition und rückt noch etwas näher an das Feuer heran. Er überlegt, wie er das Thema geschickt auf seinen knurrenden Magen lenken kann, da ergreift der Alte wieder das Wort.

»Es war zu spät, weißt du. Ich war schon durch. Als ich zurückblickte, sah ich nur die verdammte Lichtung und dann hab ich die Beine in die Hand genommen und bin gerannt. Immer weiter in den verdammten Wald hinein, bis ich total erschöpft war. Und nachdem ich mich etwas ausgeruht hatte, bin ich weiter gelaufen, bis ich irgendwann aus diesem Wald herausfand.«

Er bricht erneut ab. Der Junge will genervt aufstöhnen, doch ihm fällt auf, dass der Alte ihn mit seinen Blicken durchbohrt. In diesen Augen ist keine Spur von Trunkenheit oder Wahnsinn zu finden. Nur Trauer, Enttäuschung und Gewissheit. Und da ist noch etwas, das der Junge nicht genau zu benennen vermag. Unbehaglich rutscht er auf seinem Platz umher, wagt es jedoch nicht, dem stechenden Blick des Berbers auszuweichen.

»Ich hab mich ein paar Jahre durchgeschlagen. Habe auf Höfen als Knecht gearbeitet und bin umhergezogen«, ergreift dieser wieder das Wort. »Ich habe sie alle ganz genau beobachtet. Die Menschen und die Welt um mich herum. Und weißt du, es hat sich nichts geändert. Nichts ist gut.«

»Was meinen Sie?«, fragt der Junge mit geheucheltem Interesse.

Was will dieser Irre mit seiner verrückten Geschichte? Ich sollte mich jetzt einfach aus dem Staub machen. Weit weg von diesem verfluchten Dorf mit seinem Wald und Schauermärchen. Überall ist es besser als hier. Bestimmt.

»Weißt du, ich dachte, wenn ich zurückkehre, ist alles gut. Nicht für mich, aber wenigstens für die anderen. Ich dachte, jetzt herrscht Frieden und alle sind glücklich. War aber nicht so. Die Menschen haben zwar ein bisschen dazu gelernt, aber gut ist nichts in dieser Welt. Manche meinen immer noch, sie wären besser als andere. Es gibt Gewalt und Betrug und Korruption und alle meinen, sie alleine wüssten, was richtig ist. Die Menschen sind es, die die Welt aus dem Gleichgewicht bringen. Nur die Menschen. Sieh dich zum Beispiel an. Was macht ein Junge wie du alleine hier draußen? Noch dazu bei so einem alten Zausel wie mir? Wo sind deine Eltern? Wo kommst du her?«

Erschrocken hebt der Junge den Kopf.

Was sollte das jetzt? Der Alte sollte lieber weiter seine Märchen erzählen, als Fragen zu stellen. Es ging ihn nichts an. Es ging niemanden etwas an.

Der Junge antwortet nicht. Amüsiert lacht der Alte auf.

»Willste mir wohl nicht verraten. Ist auch eigentlich nicht so wichtig. Entweder hast du was ausgefressen oder deine Eltern haben was Dummes gemacht oder bei wem auch immer du vorher warst. Aber eins will ich dir sagen, Junge, es liegt an dir, was mit dir passiert. Wenn du was ausgefressen hast, dann steh dazu und lass es in Zukunft bleiben und wenn dir jemand was Unrechtes antut, dann wehr dich. Weglaufen hilft in den seltensten Fällen.«

»Aber Sie sind doch auch immer nur weggelaufen.«

Der Alte nickt grimmig. »Hast mir also doch zugehört. Und recht haste, aber gebracht hat es mir nicht viel, das Weglaufen. Siehste ja selbst.«

Er lacht verbittert und stiert wieder in die hektisch züngelnden Flammen.

Der Junge schweigt eine Weile und denkt über die Worte des Mannes nach, die ihn plötzlich nicht mehr kalt lassen.

Der arme Alte. Vielleicht ist er gar nicht verrückt, sondern nur alt und einsam. Wie vielen hat er sein Märchen wohl schon vor mir erzählt? Ob ihm überhaupt jemand zugehört hat? Geglaubt hat ihm bestimmt niemand. Oder doch?

»Warum sind Sie hierher zurückgekehrt?«, fragt der Junge.

»Ich gehöre nicht dazu. Ich habe nie dazugehört. Es hat mich viele Jahre gekostet, bis ich das eingesehen habe. Vielleicht kehrt man einfach nicht mehr ganz zurück, wenn man einmal am anderen Ort war. Ich dachte, hier passe ich am besten hin. Ich bewache es jetzt, weißt du. Ich pass auf, dass niemand rübergeht. Aber ich mach es anders als die Esel. Ich erkläre den Leuten die Gefahr. Also denen, die nachfragen und zuhören. Für die andern reicht die Angst vorm Wald. Die Wächter finden es nicht gut, aber was sollen sie schon machen? Sie sind total aufgeschmissen, wenn man weiß, dass sie eigentlich machtlos sind. Wie die meisten Blender.«

»Dann haben Sie die Menschen also doch nicht ganz aufgegeben«, stellt der Junge fest und ohne eine Reaktion abzuwarten, fragt er: »Waren Sie noch mal am anderen Ort?«

Der Alte sieht ihn lange an.

»Nein. Nichts in der Welt würde mich dazu bewegen. Ich weiß auch nicht, was sie mit mir machen würden, wenn ich noch mal hingehe. Ich bin mir nicht so sicher, ob sie am anderen Ort wirklich so machtlos sind, wie Nike gesagt hat.«

Mit diesen Worten deutet er hinüber zum Waldrand. Der Junge blickt in die angezeigte Richtung. Er meint, vor den ersten Bäumen einen großen Schatten ausmachen zu können, aus dem zwei lange Ohren herausragen. Der Anblick erfüllt ihn mit Unbehagen und er wendet sich wieder dem Feuer zu.

»Wie lange werden Sie hier noch wachen?«, fragt der Junge.

»Solange ich es kann.«

Der Junge betrachtet den Berber eingehend. Das Haar ist unter dem Schmutz der Armut ganz weiß. Sein mageres Gesicht scheint nur aus Falten zu bestehen und seine Iris ist von einem trüben Schleier überzogen. Der Alte hebt den Kopf und erwidert den Blick des Jungen. Kaum merklich nickt er.

»Ja. Ich bin alt. Sehr alt.«

Jetzt nickt der Junge ebenfalls.

Danksagung

Endlich etwas, das mir leichtfällt: Danke sagen!

An erster Stelle bedanke ich mich bei meiner Tochter und ihren unzähligen Plüscheseln, die mir den entscheidenden Anstoß für »Eselmädchen« gaben. Im gleichen Atemzug danke ich meiner Familie für die Geduld, mit der sie meinen Lebensweg beobachtet und begleitet.

Ich danke Michaela Stadelmann, die mit ihrem einzigartigen Lektorat »Eselmädchen« zu dem machte, was es jetzt ist und mir darüber hinaus mit Rat und Tat zur Seite stand.

Das Team der Anthologie »Sehnsuchtsfluchten«, das mir in unserer kleinen Autorenselbsthilfegruppe viele Ängste und Sorgen nahm und mir bei vielen maßgeblichen Entscheidungen half, darf an dieser Stelle nicht fehlen: Ihr seid alle großartig!

Ich bedanke mich bei meinen wundervollen Testlesern, ohne die Eselmädchen eine sehr oberflächliche und herzlose Geschichte geblieben wäre. Bei Frederik Elting bedanke ich mich ganz besonders für seine vielen guten Worte, mit denen er mich, unabhängig von diesem Buch, immer wieder motiviert.

Julia von Rein-Hrubesch, Nika Sachs

(Herausgeberinnen)

Sehnsuchtsfluchten

Anthologie

Wandle durch eine Welt, in der Zweifel, Neid und Angst tiefe Wurzeln in den Boden schlagen, aber auch Liebe, Lust, Freude und Hoffnung erblühen. Blick hinein in Schluchten, in denen Gier und Missgunst lauern.

Fliege über Seen, in denen sich die Sehnsucht spiegelt, Trauer, Leid und Tod am schwarzen Grund lauern. Nimm dich in Acht vor prächtigen Blüten, die dich mit Verbotenem locken und dich in Ekstase ertränken wollen.

Fünfzehn Autoren nehmen dich in diesen Geschichten mit auf eine Suche nach Gedanken und Emotionen.

Kia Kahawa

Die Krankheitensammlerin
Entwicklungsroman

Fiona würde gerne ein sorgenfreies Leben führen. Doch das Schicksal scheint nicht auf ihrer Seite zu sein. Nachdem schon vor Jahren Depressionen, Selbstwertprobleme und körperliche Belastungen von ihr Besitz ergriffen haben, wird ihre ungewöhnliche Sammlung ergänzt: Sie hat eine kranke Schilddrüse.

Bevor es noch schlimmer kommen kann, entscheidet sie, ihre Gesundheit selbst in die Hand zu nehmen und ihr Leben radikal zu wenden. Pünktlich zum neuen Jahr soll alles anders werden.

Doch Fionas Wandel wird ihr von Freunden, Familie und Kollegen nicht erleichtert, im Gegenteil. Keiner hält es für nötig, die junge Frau zu unterstützen, sodass sie sich selbst helfen muss, um ihre Pläne durchzusetzen.
Koste es, was es wolle.